光文社文庫

連作推理小説

こちら子連れ探偵局

『アーケード殺人事件』改題

ねじめ正一

光 文 社

目次

アーケード殺人事件

一

西町商店会の役員総会は、始まる前から怪しい雲行きだった。

何が怪しいと言って、まず役員が一人残らず出席したのが怪しい。商店会の役員なんてものは、持ち回りでイヤイヤ引き受けるのがふつうである。

イヤイヤ引き受けるのだから、用事にかこつけて役員会に出てこない人間がいるのもごく当然で、ふだんの出席率はよくて六割程度である。

その役員連中が、長テーブルの両端に二派に分かれて固まっているのも怪しかった。全員がむずかしい顔をして、大声も笑い声も、近所の噂話さえ出ないのも怪しかった。そのくせ寄り集まった人間同士は、額を集めてこそこそとおしゃべりをしているのだ。

「いいじゃないか」「遅すぎるくらいだよ」「商店街の活性化にもなるしな」……片方からそんな声が聞こえてくる。

もう片方からは「俺は断固反対だね」「やり口がひどいよ」「ワンマンだよ」と、ぶつくさ言うのが聞こえる。

——左の耳と右の耳で違うことを聞かされながら、佐倉《さくら》峡平《きようへい》は長テーブルの真ん中に一人ぽつねんと座っていた。

商店街では新顔なので、どっちのグループからも声がかからないのだ。

峡平がこの商店街に佐倉峡平探偵事務所を開業してから、まだ半年もたっていない。

それがこうして役員会に列席しているのは、峡平の亡き父の旧友であり、現在の事務所の大家でもある大塚吉造に頼まれたからである。峡平の事務所の入っている駅前ビルの一階で不動産業を営む大塚吉造は、今日はよんどころのない用事があって、名古屋に出かけている。

「しかし遅いな、土橋会長は」

右側のグループからひときわ大きな声が上がった。峡平も顔だけは知っている、イワタ眼鏡の主人だ。

「勝手に呼び集めといて待たせるなんて、何を考えてるんだ」

「考えてればいいですよ。何も考えてないところが問題だと思うんですよ、あたしは」

すかさず言ったのは、飯田呉服店の主人である。峡平の見るところ、どうやらこの二人が右側グループの中心らしかった。

あとの連中はそこまでの憎まれ口をきく勇気はないらしく、二人の扇動者におずおずと頷《うなず》くだけだ。

その雰囲気を打ち砕くように、

「佐倉さん、……だったよね」

佐々木陶器の大旦那が峡平に話しかけてきた。

イワタ眼鏡と飯田呉服店をじろりと見やる目つきは、商店会のご意見番と呼ばれるだけあって、なかなかの迫力だ。

「あんた、探偵事務所をやってるんだろ。大塚さんが言ってたけど、けっこういい腕をしてるらしいじゃないか」

「どうも恐れ入ります」

「おまけにアレだって？　事故で死んだ婚約者の娘を引き取って育ててるんだって？　簡単にできるこっちゃないよ。近頃の若い者にしちゃ、見上げた根性だ」

「それほどでもないです。菜々子《ななこ》はまだ小学生なんですが、しっかりした子で家事なんかもやってくれるんで、私のほうが助かってるくらいです」

殊勝らしく答えながら、峡平は吉造に言われた注意を思い返す。

佐々木陶器がつむじを曲げたら、アーケード改築の話はおじゃんになる——吉造はそう言ったのである。

「店構えこそ地味だが、佐々木陶器はこの辺の大地主でね。この商店街にも、あの人の店子《たなこ》がうじゃうじゃいるんだ。〝商店会のご意見番〟なんて称号を奉《たてまつ》っているのも、その店子連中でね。あたしに言わせれば一人圧力団体だね、あのじいさんは」

「へえ。そんなに影響力があるんですか」

「影響力ばかりか金もある。何しろ趣味は貯金通帳を眺めることだって言うんだから。七十歳過ぎて貯め込んでもしょうがないと思うがね。あの世に通帳を持って行けるわけじゃなし、早く息子に実権を渡してやればいいのに」

そこまで言って吉造がふと淋しそうな顔をしたのは、自分のことを思い出したからだ。吉造は四カ月前に一人息子の日出男を亡くしている。とんでもないヤクザ息子だったが、息子は息子である。

「しかしまあ、佐々木陶器はまだいいよ。問題はイワタ眼鏡だ」

「その人の噂なら知ってますよ。イワタ眼鏡じゃなくてイヤダ眼鏡だって言うんでしょ、何にでも反対するから」

「そのとおり。とくに佐々木陶器とは反目し合っててね。親の代に境界線のことで揉めて以来、犬猿の仲なんだ。両方ともこの辺じゃ古い家柄だから」

「じゃあイワタ眼鏡も大地主なんですか」

「昔はね。今はあの店だけだ。イワタ眼鏡はそれも面白くないんだよ。家が傾いたのも、元はと言えば佐々木陶器のせいだって、ひどく恨んでるそうだ」

「あんまりいい性格じゃないですね」

「まあね。だが、イワタ眼鏡には同情の余地もあるんだ。噂だからどこまで信用していいかわからないが、イワタ眼鏡は結婚まで約束してた女を佐々木陶器に取られたそうだ」

「地面の次は恋人ですか。それじゃあ恨むのも無理はない」

「そうは言うけど、その恋人も今じゃシワくちゃ婆さんだよ。イワタ眼鏡だってちゃんと嫁さんをもらって、夫婦仲がいい証拠に六人も子供がいるんだ。その子供たちも立派に成人して、長男は眼鏡屋を手伝ってる。次男と三男は勤め人でいい稼ぎだし、かたづいた娘三人のうち二人はこの近所に住んでるし、今さら恨む筋合いはないと思うけどね」

「大塚さんは他人の家庭の事情にやけに詳しいんだな」

「不動産屋だからね」

吉造がニヤリと笑った。

「この商売は家庭の事情と切り離せないんだよ。家を売るとか引っ越しとかってのは、家庭の事情で起きるんだから。その家の財布の中身もだいたい見当がつくね。場合によっちゃ、借金の額までわかる」

「探偵顔負けですね」

「あはは、峡さんも、いっそうちの商売を手伝わないか。家庭問題の調査なら、こっちのほうがよっぽど調べがはかどるよ」

最後は大笑いになったが、よくよく考えてみれば笑いごとではない。佐倉峡平探偵事務所は、もっかひどい不景気に陥っていた。

ここ三カ月の依頼は迷い猫探しが四件と亭主の浮気調査が一件、小学生の息子がいじめに遭っているらしいので犯人を探してくれというのが一件、合計わずか六件である。

このうち、ちゃんと金になったのは三件だった。迷い猫は二匹が見つからず、小学生のいじめは本人がいじめっ子でほかの子をいじめていた。まあ、猫で金が貰えなかったのはしかたがない。

しかしいじめっ子調査はとんだ大損だった。証拠写真まで添えて報告したのに、依頼主の母親に「そんなはずはございません」と逆上され、報告書をビリビリに破かれて、挙げ句の果ては「あちらからいくら貰ったんです?」ときたもんだ。そこでカッとしたのが悪かった。

「そんなもの貰ってません。私の調査結果が信用できないのなら、どうかお引き取りください」

「引き取りますとも。もうお宅になんぞ二度と頼みません。フン、駅前探偵屋はやっぱりダメね。今度はちゃんとした大手の探偵事務所に調べて貰いますからねっ」

以上終わり。骨折り損のくたびれ儲けとはこのことだった。

今後はいじめ調査だけは引き受けないぞと決心したが、決心しても金の入らないのは一緒だった。

いやはや、この調子で行くと、本当に大塚不動産でアルバイトでもやらなければならない。それどころか、吉造があぁ言ったのは、峡平の窮状を見兼ねての親切だったのかもしれない……。

「おや、会長がお出ましのようだ」

佐々木陶器が大きな声でつぶやいた。その言葉が終わらないうちにドタドタと階段を上がってくる足音がして、

「どうも遅れてすいません」

会長の土橋家具が汗を拭き拭き部屋に飛び込んできた。

「区の建築課の人との打ち合せが長びいちゃったもんで……こりゃどうも、皆さんお揃いですな。え、佐倉さんは大塚さんの代理?……結構ですよ。では、さっそくですが始めましょうか」

二

「えー、本日はご多忙のところお集まりいただいて、まことに恐縮です」

よく通る声で、土橋家具が話し始めた。

「事前にお知らせしたとおり、今夜の議題はわが商店街のアーケードの問題です。ご存じのように、わが商店街のアーケードはできてから三十年以上もたっておりまして、最近は老朽化が目立ってきました。敷石があちこち剝がれていて、美観が悪いだけならまだしも、先月はおばあさんが剝がれた穴に蹴っつまずいて手を骨折しました。これは直さないといけません。でないと、こういうことがまた起きます。——それと屋根です。こちらはついおとといのことですが、久保田蒲鉾《かまぼこ》店の前にとつぜんアーケードのガラスが落ちてきました。幸い夜中だったので怪我人はなかったんですが、あれが昼間だったら大事故になるところでした」

滔々《とうとう》と述べる土橋会長に、改築反対派も口をはさむことができない。それはそうだ。おばあさんの骨折、ガラスの落下と、話の中身がぶっそうなことばかりだからだ。ことにガラス事件は怖い。

この事件のニュースが広がったら、西町商店街に買い物にくる客は一人もいなくなってしまうに違いない。

峡平はそっと佐々木陶器を見た。佐々木陶器は腕組みをして、目は自分の膝のあたりをじいっと見つめている。会長の話術にあきらかに感銘を受けているのだ。

一方のイワタ眼鏡はと言えば、こちらは眼鏡の奥から、嚙みつきそうな目で会長を睨みつけていた。

隙あらば反論しようと、意欲満々の顔つきだ。

「……というわけで、わが商店街のアーケードはもう限界にきています。阪神大震災みたいな大地震があったらひとたまりもありません。で、今夜はアーケードの建て直しについて皆さんの承諾をいただきたいと思ってお集まり願ったわけです。建築費の見積もりその他は、お配りした資料のとおり……」

「ちょっと！」

反対派の金村スポーツが土橋家具の言葉をさえぎった。直前にちらっと仲間たちの顔を見回したのは、〝掩護《えんご》射撃を頼むよ〟という合図のようだった。

「何で急にアーケードの話が持ち上がったんですか。先月の集まりじゃ、会長はアーケードのアの字も言ってなかったじゃないですか。急に言われても困るんです。寝耳に水ですよ」

「だから、それをこれから説明しようと思ったんですよ」

土橋家具がムッとした顔で金村スポーツを睨んだ。

「資料にも書いてありますが、区は今年度から、老朽化した商店街の改築費に補助金を出してくれることになったんです。この補助金は先着順なんで、早く書類を揃えて申し込まないと受けられなくなってしまうんです。区のほうも阪神大震災の教訓で、老朽化した建物に対して敏感になっています。建て直すには今がちょうどいい時期なんです」

「そんな説明じゃ、納得が行かないな」

イワタ眼鏡がゆっくりと言った。

「今の説明はつまり、補助金欲しさで改築を急いでるんだろ。西町商店会はいつからそんなに卑しくなっちまったんだ」

「イワタさん、そりゃあ言い過ぎだ」

色をなしたのは賛成派の中村酒店である。

「どこが言い過ぎなんだ。あんたらが改築、改築って騒ぐのは、ようするに自分の懐《ふところ》から出る金を少しでも減らそうって魂胆じゃないか」

「冗談も休み休み言ってもらいたいね。私らはお客さんの安全を考えてアーケードの改築を提案してるんだ。アーケードが原因で大事故が起きたら、イワタさん、あんたが全責任を取ってくれるのかね」

「おっ、今〝私ら〟って言ったな。〝私ら〟っていうのは誰と誰なんだ。あんたらは皆で結託して、俺たちの意見をひねりつぶす気だな」

「あんただって〝俺たち〟って言ったじゃないか。結託してるのはどっちだ」

イワタ眼鏡と中村酒店は早くも中腰で睨み合っている。

「まあ、まあまあ」

土橋会長が割って入った。

「ご両人とも、どうか落ち着いてください。アーケード改築についていろんな意見があることは、私も承知しています。ただ、今度の補助金制度はチャンスなんで、この機を逃《のが》す手はないと思っているわけです」

「でも、補助金だけじゃ足りないんだろ。〝一店あたりの自己負担四十万円〟って、ここに書いてあるよ」

正直堂文具が資料の紙をヒラヒラさせた。

「土橋さんとこみたいに大きい商売をしてる店はいいけど、うちは出せないね。五十円、百円の商《あきな》いをしてて、どうして四十万円なんて大金が用意できるんだね」

「そうだ、そうだ」

反対派数名から賛成の声が上がった。

「しかしねえ」

負けじと立ち上がったのは賛成派のファッション小泉だ。

「さっき会長が言ったとおりだよ、今のアーケードは限界なんだよ。危険なんだよ。大きな事故が起きてからじゃ、取り返しがつかないよ」

「私らは直すのに反対してるわけじゃないですよ。そこまで大がかりにやる必要はないんじゃないかと言ってるんです。懐具合と相談しながらやろうと言ってるんです」

かど屋和菓子の二代目が、すかさず口をはさんだ。

「それに商店街には、いい場所と悪い場所があるじゃないですか。悪い場所の店といい場所の店が同じ負担金というのは不公平だと思いますね。売上げのいいところは負担額を大きくしてもらいたいですね」

「かど屋さんの言うとおりだよ。だいたい敷石だって、剝がれるには剝がれる理由があるんだから。うちの前なんか、ぜんぜん剝がれていませんよ。剝がれてるのは重い荷物を搬入する店の前だけじゃないか。酒屋とか家具屋とかね」

「小坂さん。そりゃあうちと土橋会長に対する当てつけかね」

「当てつけどころか事実だよ」

「ケチくさいことを言いなさんな」

「ケチくさいとは何だ」

「ケチくさいからケチくさいと言っただけだよ」

「何だと。もう一度言ってみろ」

峡平の頭上を両派の罵声が飛びかう。

これでは議論というより喧嘩である。

峡平は内心あきれ果てて両派の言い合いを眺めていた。ふだんは和気あいあいとそれぞれの商売にいそしんでいるように見える西町商店街だが、一皮むけばかなりドロドロした人間関係がひそんでいるようだ。

「佐倉さんはどうですか。大塚不動産さんの代理できたんでしょ」

かど屋和菓子がとつぜん水を向けてきた。

「アーケードの改築の件なら、大塚さんは賛成だと言ってました」

「どうしてですか。大塚さんは不動産屋で、土建屋じゃないでしょ。改築に賛成したって一銭も儲かりませんよ」

「費用に関しては、大塚さんは〝商店会の積立金を取り崩してはどうか〟という意見です。それを使えば、個人の負担金はだいぶ少なくなるんじゃないかと……」

「そうだ、積立金があった！」

ファッション小泉が膝をたたいた。

「会計係のイワタ眼鏡さん、積立金はいくらになってる？」

「さあね。経理の女の子に帳簿を調べてもらわないとわからないね」

イワタ眼鏡がそっぽを向いた。

「経理の女の子って、春田牧子嬢のことかね。あの、胸の大きい……」

「中村さん、ダメですよそんなこと言っちゃ。セクハラになっちゃいますよ」

「でも彼女はほんとに胸がでかいよ。顔も可愛いし、仕事は真面目だし。あたしがあと三十も若かったら、放っちゃおかないよ」

「やめてくださいよ、その話は。それより積立金の額ですよ」

かど屋和菓子の二代目が、怒った様子でイワタ眼鏡を振り向いた。

「イワタさん。だいたいのところでいいですから、わかりませんかね」

「わからないからわからないと言ってるんだ。去年から帳簿をコンピュータ管理にしちゃったんで、経理の子が出てこないと操作ができない」

「大塚さんが言うには、ここ十年ばかり手を付けてないから、利息も入れれば三千万円ぐらいになってるはずだそうですが」

峡平は言った。イワタ眼鏡がすごい目で睨んできたが、ほかの反対派の表情には大なり小なり期待感が浮いている。改築反対といっても、それぞれの心持ちには微妙に濃淡があるようである。

「うん。検討の余地はあるな」

それまで無言だった佐々木陶器が、腕組みをほどいて土橋家具に顔を向けた。

「しかし、あれは商店会のお神輿《みこし》の新調用に積み立ててる金ですよ」

土橋家具が言った。

「商店会にとって神輿とアーケードと、どっちが大切なんだ」

「そりゃあアーケードだよ」

「だけど、うちの商店会のお神輿はだいぶボロっちいからな」

「なに、ものは考えようだ。ボロと言わずに、時代がついてると思えばいいじゃないか」

峡平が大塚に代わって提案した積立金取り崩し案によって、この場の大勢《たいせい》はアーケード改築にはっきりと傾いてきた。

さっきまでの険悪な空気はあとかたもなく消え、長テーブルの両端に分かれていた反対派、賛成派もいつのまにか入り交じっている。

その中で、元の場所に座っている人間が三人だけいた。三人とも、何かを必死で考え込んでいるような、真剣な顔をしていた。一人はイワタ眼鏡、一人は佐々木陶器、そしてもう一人は会長の土橋家具だった。

——おかしいな。反対派のイワタ眼鏡はさておき、佐々木陶器や土橋家具があんな顔をする必要はないんだけどな。

峡平が、ちらっとそう思ったときだ。こっちの視線に気づいたように、土橋家具がピクッと顔を上げた。

「会長。そろそろ決を取ったらどうかね」

中村酒店が大声を張り上げた。

「ああ……うん、そうだな」

にこやかに中村酒店を見た土橋家具は、すでにふだんの顔に戻っている。

「では皆さん。アーケード改築についてはいちおう前向きに検討するということで、賛成の方は挙手をしてください」

「ちょっと待った」

佐々木陶器が手を挙げた。

「その前に、商店会の積立金の額を確認しといたほうがいいんじゃないか。金が足りなくて、やっぱり負担金を出さなきゃならんいうことになると、決を取ってもムダになるよ」

この言葉を聞いて、何人かが頷いた。土橋家具はひとわたり皆を見回すと、「じゃあ、決は次回に延ばしましょう」と言った。

「次回って言っても、明日になれば経理の女の子が出てくるんだろ。早いほうがいいから、明日の晩にしないか」

ファッション小泉が腕時計を見ながら言った。

「決だけだから十分もあれば終わるな」

「皆さん、それでいいですか……では明日の晩の八時、場所はここで。本日はどうもご苦労様でした」

土橋家具の挨拶に、皆がいっせいに腰を上げる。峡平も立ち上がって、皆につづいて下へ降りた。


「佐倉さん」

佐々木陶器に声をかけられたのは、靴を履いて外に出たときだ。どうやら佐々木陶器は、峡平が出てくるのを待っていたらしい。

「よかったら一杯付き合わないかね」

「すいません。子供が待ってるもんで」

「ああ、そうだったな。じゃあ途中まで一緒に帰ろうか」

道連れにして楽しい相手ではなさそうだが、断わる理由もなかった。峡平が「はい」と言うと、佐々木陶器は満足そうにうなずいて、先に立って歩きだした。

三

西町商店街の商店会事務所は、アーケードと、アーケードに平行して走るケヤキ通りをつなぐ道のほぼ中間にある。

どちらかといえばアーケード寄りなので、そっちへ出て帰るのかと思ったが、佐々木陶器は反対側のケヤキ通りへ向かった。こちらの道は人通りが少ない。

店も少なくて、コンビニエンス・ストアのほかは、ぽつぽつとある雑居ビルの看板が目立つくらいだった。

「どうだったね、今日の役員会は」

通りを二十メートルも歩いたところで、佐々木陶器が話しかけてきた。

「はあ、ちょっと驚きました」

「驚いたか。まあ、そうだろうな。あんたはなかなか正直な人間だ」

佐々木陶器が峡平の顔を見る。いやはや、見るというよりは観察しているような、熱心な目つきである。

「ところで、佐倉さんは探偵になる前は何をやっていたんだね。警察官かね」

「違います。渋谷にあるボクシング・ジムで、トレーナーをしていたんです」

そのジムで波瑠子《はるこ》に会った。日本でも指折りのスタント・ウーマンだった波瑠子は、新しい映画でボクシングの必要があって、峡平のいたジムへ練習にきたのだった。

――あれから、もう三年になる……。

最初の一年は完璧に幸福だった。波瑠子に菜々子という娘がいることも、愛を育てる邪魔にはならなかった。

二年目はさらに幸福になった。峡平は菜々子と波瑠子のいない人生など考えられなくなった。波瑠子もまた同じように思い、二人は結婚の約束をした。そして――波瑠子が死んだ。

「どうかしたかね」

佐々木陶器の声で、峡平は追憶から引き戻された。

「いえ、ちょっと」

「そんならいいが、急に黙っちゃったからね。あたしが何か悪いことでも言ったかと思ったよ」

照れ笑いをしながら言うところを見ると、佐々木陶器は噂よりずっと好い人間なのかもしれない。

「しかし探偵って商売は正直でないと困るな。人の秘密を打ち明けられるわけだからな」

佐々木陶器が言った。

「そこで、正直なあんたを見込んで相談なんだが。じつは調べてもらいたい件があるんだ……あっ」

佐々木陶器の言葉に、キキキキーッとするどいブレーキ音がかぶさった。つづいてドーンと

もののぶつかる音、ガシャガシャーンというけたたましい音、

「やった、事故だ！」

佐々木陶器が前方を指さして叫んだ。佐々木陶器の指さす先には、白い乗用車と、路肩に乗り上げた黒いベンツがある。

ベンツのほうはハンドルを切りそこなって路肩に乗り上げ、そこに置いてあった自転車を何台か蹴散らかしていた。ガシャガシャーンという音は、自転車が倒れた音だったのだ。

白い乗用車の助手席から革ジャンを着た学生風の男が飛び出してきた。

男は大股でつかつかとベンツに近づいて行く。と、停まっていたはずのベンツがふいに発進した。男が「馬鹿野郎」と叫びながら逃げるベンツの前に立ちはだかって止めようとする。

「危ない！」

佐々木陶器が走り出した。七十歳過ぎとはいえ、どうしてたいした走りっぷりだ。峡平もすぐにあとを追った。

しかしそれより早く、ベンツは反対側のガードレールにぶつかってふたたび止まってしまった。

「てめえ、ふざけた運転するんじゃねえよ」

峡平と佐々木陶器が見守る前で、白い乗用車からもう一人男が飛び出してきて、革ジャンと一緒にベンツの運転席から男を引きずり出している。もう逃げられないと観念したのか、ベンツの男がぺこぺこ謝っているのが見える。

「こいつ酒くさいぞ。酔っ払い運転じゃねえか」

革ジャンがベンツの男に顔を近づけて怒鳴った。

「ほんとだ、すげえ酒くさい」

もう一人も鼻をひくひくさせてベンツ男のにおいを嗅ぐと、峡平たちが見ているのに気がついて、男の襟首をつかまえてずるずる引きずってきた。

「ね、こいつ酒くさいですよね」

「うん。相当飲んでるね。交番へ連れてったほうがいいね」

佐々木陶器と顔を見合わせて言うと、ベンツの男はへなへなとその場にうずくまって土下座を始めた。

「すいません、見逃してください、勘弁してください」

「馬鹿言うんじゃねえよ」

「百万円上げますから……百五十万円でもいいですから」

「買収する気かよ」

「おい、いいから交番へ行こうぜ」

革ジャンが男を引っ立てた。

「すいません。今の事故を目撃してたんなら、名前と住所を教えといてくれませんか。交番で聞かれるかもしれないんで」

「いいよ」

峡平はポケットから手帳を出すと、佐々木陶器と自分の名前を書きつけた。ベンツの男は真っ白な顔でそれを見ていたが、とつぜん「うっ」と声を上げると、口を押さえて佐々木陶器のほうへよろけかかった。

「あっ、汚ねえ！」

革ジャンたちがベンツ男を突き飛ばす。だがすでに遅く、佐々木陶器は何とも情けない顔で、男のゲロの飛び散ったズボンを見下ろしていた。

「目撃者にゲロを吐くやつがいるかよ」

「こいつ、とんでもない野郎だ」

両方から代わる代わる小突《こづ》かれて、ベンツ男はぼろぼろ涙をこぼしている。腹も立つが、気の毒なようでもある。

「あの、どうしますか。損害賠償させますか」

革ジャンが申し訳なさそうに言った。

「損害賠償はいいから、そいつを早く交番に連れてってくれよ」

佐々木陶器はしかめっ面で手を振ると、道ばたに落ちていた新聞を拾って、ズボンにこびりついた食物のカスを払っている。

「ああ、気色《きしょく》悪い。中まで沁《し》み通《とお》ってきた」

「新聞じゃダメでしょ。あそこのコンビニで濡れティッシュ買って拭いたらどうですか」

「そうするか」

二人して、きた道を戻る。商店会事務所の向こう角にあるコンビニエンス・ストアに入ろうとして何気なく路地を見ると、事務所の一階の窓に明かりがついていた。してみると、まだ誰かが残っているのだ。

「何だ。商店会事務所が開いてるんなら、流しを借りたほうがいいな。濡れティッシュに余計な金をつかわなくて済むし」

佐々木陶器が言った。もっともな言い分だ。二人は買い物を中止して事務所まで戻った。ドアは開いていた。流しは入口のすぐ右のトイレの脇だ。

「おーい、流しを借りるよ」

奥へ声をかけると、佐々木陶器はさっさと流し場へ入っていく。じきにジャーッと水の流れる音が聞こえてきた。

そのときになって、あたりが妙に静かなのに峡平は気がついた。おかしい。何かがおかしい……。

ゆっくりとあたりを見回した。左側の経理室のドアが十センチばかり開いていた。泥棒か、空き巣狙いか。経理室のドアが開いているとすると、ほかには考えられなかった。

峡平は背中を丸めてこぶしを構え、そろそろと経理室のドアに近づいて行った。侵入者が隠れるとすればドアの陰だ。

思いきってドアを蹴った。バーンと音がして、ドアが内側の壁にぶつかった。赤い水溜まりのようなものが目に飛び込んできた。その中央に、俯《うつぶ》せの、白髪混じりの頭があった。倒れているのは、会長の土橋家具だった。

四

「……というわけで、アーケードの改築決議はけっきょくできずじまいになりそうです」

そこまでしゃべると、峡平はぬるくなったお茶をひと息で飲み干した。

事件から一夜明けた昼下がりである。駅前ビル二階のオフィスで、峡平は片や名古屋から、こなた西町小学校から帰ってきた二人を相手に、昨夜の一部始終を報告しているところである。

「そりゃあたいへんだったなあ」

大塚吉造が同情を込めて言った。吉造はういろうを手土産に、二時間前にオフィスにやってきた。

そのういろうの一本はあっと言う間に菜々子と愛犬ボレロの腹に納まって、もう一本、ピンク色のほうが、つやつやした切り口を見せて峡平の前に置かれている。峡平はういろうが大の苦手なのである。

「たいへんだけどすごいよね。商店会長が殺される商店街なんて、日本じゅう探してもあんまりないよね」

菜々子がそ知らぬ顔で峡平のういろうに手を伸ばす。峡平もそ知らぬ顔で菜々子のお茶に手を伸ばす。

「さいわい、昨日の当直があの鍛冶木《かじき》刑事でしてね。助かりましたよ。——最初にきた警官なんか、佐々木陶器さんがズボンを洗ってたのを血を洗い流してたと思い込んで、手錠をかけようとしたんだから」

「ゲロを吐かれるわ、犯人と間違われるわ、か。佐々木陶器もとんだ災難だったな」

「交通事故を目撃したのがよかったんです。あの二人が証人になってくれましたからね」

駅前交番の記録から、乗用車の二人の住所はすぐにわかった。真夜中にもかかわらずかけた電話で、二人は「たしかに間違いありません」と言ってくれたのだった。

「で、警察の調べはどの程度まで進んでいるんだね」

「昨日の今日ですからね。さっき僕が話したことぐらいしか、わかってないんじゃないでしょうか」

撲殺、凶器はそばに落ちていた金属バット。犯行時刻は役員総会が終わった午後九時三十分から、峡平たちが事務所に戻った十時十五分までの四十五分間——事情聴取のあとで鍛冶木刑事はそう言った。

「もの盗《と》りじゃなきゃ恨みだな。あんたらのおかげで発見が早かったたし、ホシはすぐ挙がるんじゃないかな」

鍛冶木刑事は楽観的だった。

峡平に言わせれば、少々楽観的すぎるくらいだった。

「だといいですね」

「おっ。名探偵は警察の能力を疑っとるな」

「とんでもない。ですが商店会の人間関係も、あれでなかなか複雑ですからね」

「そんなこと、あんたに言われなくても知ってるよ。俺はこの辺を担当して二十年になるんだから」

くすくす笑いながら峡平を送り出した鍛冶木刑事は、土橋会長の遺族には金輪際《こんりんざい》見せられない、機嫌のいい顔つきをしていた。あの顔を思い出すと、峡平までうれしくなってしまいそうだ。

「峡さん。犯人は誰だと思う?」

菜々子がボレロの耳の後ろをくすぐりながら言った。ボレロはいい気持ちそうに目を細めて、ご主人様のするがままになっている。

「さあ、まだわからないな」

「探偵でしょ。わからないじゃ困るよ」

「そんなこと言ったって、峡さんはこの事件を調べてるわけじゃないんだよ」

「じゃあ調べてよ。峡さんが犯人を見つけたら、探偵事務所はきっともっと大流行《おおはや》りするもん」

口をとがらせた菜々子はけっこう真顔だ。菜々子は菜々子なりに、佐倉峡平探偵事務所の客の入りを心配しているのだ。そのとき、ボレロがピクッと耳を立てて、ご機嫌に尻尾《しっぽ》を振りはじめた。

「あ、夏実さんだ！」

ボレロのようすを見た菜々子が、椅子から飛び上がってドアを開ける。トントンと階段を上がって顔をのぞかせたのは、本当に夏実だった。

「こんにちは」

夏実は、春らしいピンクのブラウスにぴっちりしたジーンズを穿いて、若さがはちきれんばかりである。

「いらっしゃい。ボレロが喜んでたんで、夏実さんだってすぐにわかったのよ」

菜々子はいそいそと夏実に椅子をすすめると、自分は峡平の脇に尻をすうっとすべり込ませた。

「ご無沙汰しちゃって。佐倉さん、お仕事どうですか。大塚さん、もう元気になりました？」

夏実がにっこり笑う。殺風景な佐倉峡平探偵事務所が、夏実の笑顔でパッと明るくなった感じがする。

「いやあ、あの節はどうも。おかげで何とか気力も戻ってきましたよ」

吉造がまぶしそうに目をしばたいた。

「よかった。ずっと気になってたんですけど、就職活動が忙しくてつい……」

「そうだ、夏実さんは大学を卒業したんでしたっけね。社会人生活はどうですか」

「じつは、今日はその報告にきたんですの」

夏実は笑いを引っ込めると、思いつめた表情で峡平のほうに向き直った。

「佐倉さん。お願いがあるんです。あたしをこの事務所で雇ってもらうわけには行かないでしょうか」

「えっ」

「あたし、昨日会社を辞めちゃったんです。いけ好かない課長がいて、ついに堪忍袋の緒が切れちゃって」

「辞表をたたきつけてきたんですか」

「辞表だけじゃなくて、課長の横っ面も張り倒してきちゃったんです」

「スッゴーイ、夏実さんらしい！」

菜々子が小躍りした。

「ねえ峡さん、きてもらおうよ。夏実さんは度胸があるし、美人だし、頭もいいもの。きっといい探偵になるよ」

「しかしなあ」

そりゃあ峡平だって、夏実にきてもらいたいのは山々だ。だが目下の状況では、きてもらっても仕事がない。給料も払えない。残念ながら佐倉峡平探偵事務所には、美人の探偵見習いを雇う余裕がないのである。

「ちょっといいかね」

吉造がおずおずと言った。

「今思いついたんだがね。夏実さんはそのう、兼務ってのはイヤかね」

「兼務って言いますと?」

「だからだね。前に峡さんにも言ったんだけど、不動産屋っていうのは探偵にはなかなか勉強になるところでね。人間の機微を学ぶっていうか」

「ハ、ハイ」

「そこでうちの仕事をだね……もちろん探偵が優先になるが、ヒマなときにはうちの仕事をやってもらうってのはどうかと思ってね。給料は当面はあたしのほうから出すってことでね」

「大塚さん!」

「峡さん、気を悪くしないでくれよ」

吉造は汗びっしょりだ。

峡平は吉造を神棚に祀《まつ》りたいぐらいだった。菜々子と夏実がいなければ、手を合わせて拝んでいたに違いなかった。

夏実は黙ってそんな二人を見ていたが、ふいに立ち上がると、吉造に向かって深々とお辞儀をした。

「ありがとうございます。あたし、大塚さんのほうの仕事も頑張らせてもらいますから」

「ヤッタネ!」

菜々子がVサインで峡平にウィンクしてきた。ボレロまで尻尾を床に打ちつけて、愛嬌たっぷりにクンクン鳴いている。

「よし、じゃあ決まりだ。明日からでも顔を出してくださいよ。待ってるから。お願いしますよ」

　吉造が立ち上がった。

「明日からなんて言わないで、今日から手伝ってよ。今、すごい事件が入ってきたばっかりなんだよ」

　菜々子が夏実の腕を引っぱる。

「すごい事件って」

「殺人事件なの。西町商店街の商店会長さんが金属バットで殺されて、峡さんが死体を発見したの」

「ほんと？」

　夏実の目が輝く。

　これまた土橋会長の遺族には見せられない顔つきである。

「菜々ちゃんの言うとおりだ。夏実さん、頑張ってくださいよ。昨日の晩に起きたばっかりの事件だから、まだ生きがいいよ」

　魚屋みたいなセリフを残して、大塚吉造が帰っていく。こうなったら峡平も、この事件に取り組まざるを得ないというものである。

「じゃあ、まず事件のあらましを説明しようか」

　峡平は机の抽斗《ひきだし》から事務用箋とボールペンを取り出すと、今さっき吉造と菜々子にしゃべったばかりの話を最初から話しはじめた。

五

五時間後、峡平と夏実は西町署の向かいの定食屋で、鍛冶木刑事が出てくるのを待っていた。

「遅いですね。六時って約束したのに、もう一時間もすぎてる」

夏実が壁の時計を睨んで文句を言った。

「最初からそんなこと言ってちゃ、先が思いやられるな。探偵の仕事のなかでいちばん多いのは、〝待つ〟ってやつなんだから」

夏実にお茶をついでやりながら、峡平は苦笑いした。

「一時間なんて待ったうちに入らないよ。ましてここは店の中だし。——僕なんか、黒いゴミ袋かぶって炎天下を十四時間待ったこともあるよ」

「そんなことしたら、ゴミになりきっちゃいませんか」

「なりきれたら成功だ。感づかれる危険がなくなるわけだから」

あれは峡平が探偵事務所を開業して最初にきた仕事だった。出張中に妻が浮気をしているのではないかと心配したサラリーマンから、自分の留守の間の妻の行動を報告してくれという依頼がきた。

そのくらいなら簡単だ、と高を括《くく》って引き受けたのはいいが、予想に反したのは家の周囲だった。畑の真ん中に建つ一軒家で、ゴミ置場以外、隠れるところがどこにもなかったのだ。

「で、うまく行ったんですか」

「調査のほうはね。その奥さんは僕がゴミになってるあいだ、一歩も外へ出なかったんだよ」

「じゃあ浮気はしていなかったんだ」

「とんでもない。夜になって、こっちがゴミ袋を脱ごうとしたとたん、厚化粧でお出ましになった。袋を脱ぐのがあと一分早かったら、完全に見つかるところだった」

「わ、スリリング！　あたしもそういうのしてみたい」

「しかし、探偵が自力《じりき》でできることには限度があるからね。こういう事件では、やっぱり警察がいちばん頼りになるんだ」

指紋や遺留物の分析をはじめとする、各種の科学調査。膨大な聞き込み。それらは警察の組織力がなければできないことだ。

だからこそ佐々木陶器が言ったように、探偵には警察出身者が多い。何と言っても聞き込みのテクニックと昔のコネが、最大限利用できるからだ。

「そうだ、思い出した！」

「えっ、何を」

「あの交通事故の直前に、佐々木陶器さんが言ったことだ」

「それって重要な手がかりですか。犯人は佐々木陶器さんだとか……」

夏実が身を乗り出した。

「違うよ。佐々木陶器さんは、僕に調べてもらいたいことがあるって言ったんだ。調査の依頼だ。ここんとこ仕事がないから助かるなあ」

「なあんだ」

あからさまにがっかりした夏実の肩に、大きな手が置かれた。

「何が〝なあんだ〟だね」

「キャッ、痴漢！」

「おいおい。現職の刑事に向かって人聞きの悪いこと言わないでくれよ」

鍛冶木刑事が笑いながら椅子を引いた。

「夏実ちゃん、ひさしぶり。元気そうじゃないか」

「はい。今日はとくに元気なんです。念願の就職先に採用が決まったから、私うれしくてしかたがないのです」

夏実がニコニコと答える。

「へえ。一流商社にでも受かったのかい。それとも夏実ちゃんは音楽大学出身だから、レコード会社かな」

「ブー、外れ。私の就職先は佐倉峡平探偵事務所でーす」

「ほう」

鍛冶木刑事が驚いたように峡平の顔を見る。ほんとかね、と口まで出かかった顔つきである。

「そうなんですよ。うちは羽振りがいいもんで、夏実さんを見習いで置くことにしたんです」

わざとすました顔で言った。鍛冶木刑事はぽかんと峡平を見つめたが、すぐに「あははは」

と吹き出して定食屋のおばさんに手を挙げた。

「おばちゃん、ビール。このお嬢さんがすごいところに就職が決まったもんで、お祝いだ」

「おやまあ。じゃあ、おつまみをサービスしちゃおうかね」

「ついでに溜まってる勘定もサービスしてくれるとありがたいんだがな」

おばさんとそんな軽口《かるくち》をたたき合うところを見ると、鍛冶木刑事はよほどの常連なのだろう。ビールがきて乾杯をすませると、峡平はさっそく本題に入った。

「どうでしたか。何か手がかりは見つかりましたか」

「手がかりどころか……」

鍛冶木刑事が口についたビールの泡を拭った。

「あんたも知ってるとおり、ホトケさんは役員会のあといったん事務所を出ている。ところが、いつ事務所に戻ったのか、見た人間が誰もいないんだ。もちろん用事の心当たりがある人間もいない」

「最後に事務所の鍵を閉めたのは誰だったんですか」

「小坂布団店だそうだ。役員は全員あそこの鍵を持っていて、開け閉めは当番がすることになってるんだとさ」

「じゃあ、役員なら誰でも中に入れるってことですね」

「役員だけじゃない。鍵の管理がそんなに甘いとすると、合鍵を作るチャンスはいくらでもある」

「それに、土橋さんは中へ入ってから鍵を閉めなかったかもしれないし」

「そうなんだよ」

鍛冶木刑事がため息をついた。

「この分だと、指紋と現場に残ってた塵芥《じんかい》の分析結果も、おそらく期待はできないね。昨日は〝ホシはすぐ挙がる〟なんてデカいことを言ったけど、こいつはちょっとした難事件かもしれんぜ」

「土橋さんは、経理室で何をやってたんでしょうね」

半分は自分に問いかけて、峡平は昨夜のあのシーンを頭によみがえらせる。血の海……足をこちらに向け、俯せになって倒れていた死体……その横に、血まみれの金属バットが転がっていた。

机の抽斗はきちんと閉まっていた。机の上に置かれたコンピュータのディスプレイにも、血痕はついていなかった。

「何をやってたか知らんが、失《な》くなったものはないようだな。春田牧子という経理の女性に今日の午後、現場を見てもらったんだ。――かわいそうに、真っ青になってたがね。血のあとが床に残ってたからね」

「あの金属バットは、どこにあったものなんでしょうか」

「おやおや、探偵にしては注意力散漫だな。複数証言によると、ずっと前から事務所の玄関の傘立てに立ててあったんだとさ」

西町商店街には、西町オールスターズという草野球チームがある。土橋はそこの創立メンバーで、商店会事務所にも自分のバットを置き、暇があると素振《すぶ》りをやっていたというのである。

「もっとも金村スポーツに言わせると、腕前のほうはヘタの横好きってとこらしいがね。あの男は元プロ野球選手だって言うじゃないか」

「誰がですか」

「金村スポーツだよ。南海ホークスで二年ほど外野をやって引退したらしいが」

これまた峡平の知らなかったことだ。しかし言われてみれば、金村スポーツには元プロ野球選手らしい哀愁がある。

哀れっぽさとは違う、筋骨隆々の、精悍な哀愁がある。

「ステキ。あたし会ってみたい」

峡平の説明に、夏実がうっとりと言った。

「会ってガッカリしても、僕の責任にしないでくれよ」

「あら、やきもち焼いてるんですか」

「金村スポーツは年《とし》のわりに髪が薄いんだよ。——はっきり言ってスダレ状だ」

鍛冶木刑事が髪を櫛でかき分ける真似をした。

「バーコード状とも言いますね」

峡平が笑いながら付け加えると、

「まあひどい、二人してやきもち焼いてる！」

夏実が憤然と非難した。言われてみれば、たしかにちょっぴりやきもちを焼きたい気分でもあった。

「冗談はこれくらいにして、話を前に進めようか」

すっと真顔に戻ると、鍛冶木刑事は背広のポケットから手帳を出してページをめくった。

「手がかりがそんな状態なんで、これからの捜査は聞き込みが中心になる。とりあえず今日は五人に会ったんだが、詳しいことは教えられないよ」

「わかっています」

「ただ、その中でいくつか気になることがあった。ひとつは、ホトケさんの女房が何か隠してるようだったこと。もうひとつは、役員会の前のホトケの行動だ。——土橋会長は役員会に二十分ほど遅れてきたんだったよな」

「そうです」

「その理由として、区の建築課の人間と打ち合せをしていた、と?」

「アーケード改築に関する補助金のね」

「ところが区の建築課に問い合せてみたら、昨日ホトケさんに会ったという係員が一人もいないんだ。念のために土木課と商工課、それに出納課にも問い合せたが、結果は同じだった。やっこさん、どうやらあんたがたにウソをついたらしいな」

鍛冶木刑事がゆっくりと手帳を閉じた。言葉もなく刑事を見つめる峡平の耳に、定食屋の戸を開けるガラガラッという音が聞こえてきた。

「いらっしゃい……あ、塚本さん。鍛冶木さんならそっちのテーブルだよ」

おばちゃんの声が頭上に響く。と思う間もなく、峡平も会ったことのある鍛冶木の若い部下がこわばった顔つきで近づいてきて、鍛冶木の耳に何かをささやいた。

「えっ、ほんとか!」

鍛冶木刑事が腰を浮かせた。

「鍛冶木さん、どうしたんですか」

峡平のたたみかけに鍛冶木は一瞬迷ったようだが、すぐに峡平に顔を寄せて声をひそめた。

「悪い知らせだ。どうせすぐにわかっちまうことだから教えてやるが、……経理の春田牧子がいなくなった。それと、商店会の積立金の三千万円が通帳から消えてなくなってる」

六

「——わかりました。どうもありがとうございました」

受話器を置いた峡平の耳に、トントントンと、軽やかに階段を駆け上がってくる足音が聞こえた。

「所長、お昼はどうしますか」

元気よくドアを開けたのは夏実である。今日が初出勤の夏実は、大塚吉造との約束にしたがって、午前中のヒマな時間を一階の大塚不動産で働いていたのである。

「所長、十二時ですよ。お昼休みの時間ですよ」

「その〝所長〟ってのは勘弁してくれよ。照れちゃうよ」

峡平は苦笑いしながら夏実を見た。今日の夏実は、レモン色のセーターに真っ白いコットンパンツを穿いている。すらりと伸びた脚とくっきりしたバストがいやでも目について、ドキッとするほど新鮮である。

「だって、所長のほうがやっぱりいいじゃないですか」夏実がすまして言った。

「そのほうが事務所が大きいみたいでカッコいいし、依頼人だって信用してくれるでしょ。――それより、あたしもうお腹ペコペコ。所長、お昼にしましょうよ。大塚さんも上がってくるって言ってるし」

「そうだな。じゃあ、蕎麦《そば》の出前でも取ろうか。俺は天ざるがいいな」

峡平が言うと、夏実はニコニコして出前の電話をかけ始めた。

「あ、もしもし。こちら佐倉峡平探偵事務所ですけど。……ええ、駅前の大塚不動産の二階の」

夏実の声が事務所にひびく。聞くともなく聞いていると、峡平の思いはしぜんにさっきの続きへ戻って行った。何かが――峡平の記憶に、何かがひっかかっていた。土橋会長が殺された夜に関することだ。

それが何か、昨日の晩からずっと考えているのだが、思い出せない。役員総会が始まってから、峡平が土橋の死体を見つけるまでの記憶を、ひとつひとつ洗い出すように思い出してみるのだが、今もってはっきりしない。

「天ざる三つ、ひとつは大盛りでお願いします……いえ、大盛り蕎麦じゃなくて、天ざるが三つで、そのうちのひとつが大盛り……そうじゃなくて、ふつうの天ざるが二つと大盛りの天ざるがひとつ」

こういうときは無理に思い出そうとしないほうがいいことぐらい、峡平にもわかっていた。しかし、その何かは、喉に刺さった小骨のように峡平をいらいらさせた。些細な、それでいてひどく気になる何か――。

「合計三つね。なるべく早くお願いね」

夏実がガチャンと電話を切った。

「ああ、くたびれた。所長、あのお蕎麦屋さん、そうとうトロいですね。あたしがあんなに言ってもわからないんだもの。こまったもんだわ」

「でもこの商店街じゃ、あそこの蕎麦がいちばんうまいんだぜ。ちょっとぐらいトロいのは我慢しなきゃ」

頭から思念を追い出して夏実に笑いかける。夏実の探偵能力は未知数だが、元気でチャーミングな女の子は、いるだけで役に立つものである。

二十分ほどで蕎麦が届いて、上がってきた大塚と三人で昼食が始まった。

「だけど驚いたね。土橋さんが殺されただけでもとんでもないことなのに、盗難事件と失踪事件まで起こっちゃうんだから」

食事の話題は、当然ながら事件のことになった。

「そう言えば、さっき鍛冶木さんから電話がありましたよ」

峡平は箸を置いて言った。

「積立金が下ろされたのは、今月に入ってすぐだそうです。何十回かに分けてカードで下ろしたんで、通帳に記録が残っていなくて、それですぐにわからなかったんですよ」

「春田牧子の居どころはわかったのかい？」

「まだです。現場検証に立ち会ったあと、いったん帰宅したところまではわかってるんですが、その後の足取りは摑《つか》めていないみたいです」

「積立金を盗んだ犯人は、やっぱり春田牧子でしょうか」

夏実が言った。

「所長は牧子に会ったことがあるんでしょ。どんな女性なんですか？」

「会ったと言っても、町会費の集金にきたときに二言三言言葉をかわしただけだよ。小柄だけどグラマーで、わりと物静かな感じで。年は、……そうだな、二十二、三ってところかな」

「違うね。若く見えるけど、あの娘は来年で三十歳だ」

大塚が峡平を見てニヤッと笑った。

「えっ、どうして知ってるんですか」

「峡さんより女を見る目があるから……というのは冗談で、じつはあの娘が今住んでる部屋を紹介したのは、あたしなんだよ。三年前のことだがね」

「そうだったんですか」

「だから言ったろ。不動産屋って商売は、調査にかけちゃ、なまじの探偵よりずっとはかがいくって」

夏実と峡平の驚いた顔に、大塚は得意そうだ。

「あの娘に紹介した部屋は、西町四丁目のさる家の離れでね。六畳に七畳のダイニングキッチン、バストイレ付きで、家賃は月五万八千円。あたしが言うのも何だが、めったにない掘り出し物件だったね」

「やっすーい！」

夏実が叫んだ。

「あたしのとこなんか、六畳ひと間で七万円もするんですよ。駅から遠いし、安普請で隣の音は筒抜けだし」

「もっとも、掘り出し物件だけに、大家さんから間借人の条件が付いていてね。身元がしっかりしてて堅いところに勤めている、静かできれい好きの独身女性、というんだ」

「春田牧子はその条件に合っていた、というわけですね」

「八割方《がた》はね。本人は峡さんも知ってのとおり、もの静かで口数の少ない娘で、身なりも派手じゃない。仕事のほうも、経理の専門学校を出て、さる信用金庫にずっと勤めてたんだが、若い子がどんどん入ってきて居づらくなったとかで、転職してうちの商店会事務所にきたというわけだ。このへんは土橋会長にも確認したから間違いはない」

「残る二割は何だったんですか。大家さんの条件に合わなかったのは」

「身元だよ」

大塚が言った。

「春田牧子は、もともと母一人子一人の母子家庭だったんだね。ところが転職してすぐ、おっかさんが亡くなってしまった。気の毒に、天涯孤独になってしまったんだよ」

「そう言えば、少し淋しそうなところがありましたね」

「さいわい、事情を聞いた土橋さんが保証人になってくれた。あたしも責任があるから、引っ越しのあと何度かようすを見に行ったがね。大家さんの話では、いい娘さんだということだった。去年は契約更新もしたから、暮らしぶりにも問題はなかったんだろう」

「だからって、春田牧子が潔白だという証拠にはなりませんよね」

夏実がお茶を入れながら言った。

「あたしは、牧子がおとなしそうなところがかえって怪しいと思うな。猫をかぶってたんじゃないかな」

「そうは言っても、あの大家に三年も猫をかぶり続けられるとは思えないがね」

「そこが彼女のしたたかなところかもしれないでしょ。そうやって回りを味方につけて、みんなが信用した頃にドカンと……。あら、誰かが上がってくる」

夏実が言葉を止めてドアのほうを見た。間髪《かんはつ》を入れずにドアが開いて、目を吊り上げた中年女がずかずかと事務所に踏み込んできた。

「あ、奥さん。このたびはどうも……」

あわてて立ち上がった大塚を突き飛ばすようにして、女が峡平の前に立った。

「ちょいと。うちの人が死んでいるのを見つけた探偵さんてのは、あんたでしょ」

「はあ……？」

「土橋よ。あたしは土橋の家内だけど、あんたにあの女をとっ捕まえてほしいのよ」

「あの女、と言いますと」

「春田牧子よ。うちの人を殺して積立金を盗んだのは、あの泥棒猫に決まってますよ！」

土橋の妻の目がさらに吊り上がる。

「奥さん、まあ落ち着いて」

横からおずおずと声をかけた大塚を、土橋の妻がきっと睨んだ。

「大塚さん。うちの人、あの女が部屋を借りるときに保証人になったでしょ。いえ、隠したってダメですよ。あたしは、そのときから怪しいと思ってたんですよ。誰が何でもない女の保証人になんぞなるもんですか」

「しかし、ねえ」

口を開きかけた大塚に、

「あんたは黙っててくださいよ」

土橋の妻がぴしゃりと言った。温厚な大塚も、これにはカチンときたらしい。居ずまいを正して土橋の妻に向き直った。

「そう言うけど、土橋さんが引き受けたのは借金の保証人じゃないよ。アパートの保証人になるぐらい、職場の上司としてはよくあることですよ」

「保証人の件があたしにバレたとき、うちの人も同じことを言ってましたよ。だけど〝たとえ親兄弟であっても保証人になるな〟っていうのが、土橋家の家訓なんですからね。あの女は色仕掛けでうちの人をたらし込んで信用させたんです。うちの人が商店会事務所で殺されたって聞いたときから、あたしは犯人はあの女だと思ってましたよ。それなのに、中村酒店がよけいなことを言うもんだから、逃げられてしまって……」

いっきにまくしたてると、土橋の妻は手提げ袋から小さな風呂敷包みを出して峡平の前に置いた。

「とりあえず百万円。これであの女を捕まえてちょうだい。経費が足りなかったらもっと出すからね。領収書を見せてくれればね」

百万円！　峡平の喉がごくりと鳴った。喉から出そうになる手を、無理やり飲み込む音だった。

「そういうことは警察に言われたらどうですか」

「もう言いましたよ」

土橋の妻が吐き捨てるように言った。

「あのヘッポコ刑事ったら、ぜんぜん真面目に聞いてくれないのよ。だからおたくに頼みにきたんじゃないの。引き受けてくれるの、くれないの？」

「すみません、お引き受けしかねます」

「どうしてよ。お金ならいくらでも出すって言ってるのよ！」

土橋の妻がテーブルに身を乗り出して、峡平に詰め寄ってくる。至近距離で見るその顔は、まさしく化粧した鬼瓦である。

「お金の問題ではありません。殺人犯を追うのは警察の仕事ですから。——それより、中村酒店さんは奥さんに、どんなことを言ったんですか」

「よけいなお世話よ」

百万円の包みをひったくって、土橋の妻が立ち上がった。夏実が必死で峡平の脇腹をつついてくる。百万円の包みが、土橋の妻の手提げに消える……。

「ああ、そうだ」

ドアのノブに手をかけながら、土橋の妻が振り向いた。

「主人のお葬式ですけど、明日の午後一時から家でやりますからね。前の道路が狭いんで、花輪は遠慮してくださいよ」

「そうすると、お通夜は今夜ですね」

「やりませんよ、そんなもの」

大塚の質問に対する答えは簡単だった。

「なんでやらなきゃならないんです？　葬儀屋と坊さんを儲けさせるだけじゃないの」

バタンとドアが閉まった。ダン、ダン、ダンと階段を踏み鳴らして降りる足音が聞こえた。

残された三人は黙って顔を見合わせた。

七

「すごかったですねえ」

夏実が口を開いたのは、足音が消えてややしばらくたってからだった。

「すごかった、なんてもんじゃないよ。凄《すさ》まじかった、だよ」

峡平はぶるっと身震いして冷めたお茶を飲んだ。

「あの奥さんは、若い時分からずうっとああなんだよ。土橋さんも、あの世でさぞホッとしていることだろうよ」

「大塚さんも無慈悲なことを言いますね」

「だってそうだろう。あの女房から逃げられたんだもの」

大塚が急須を持って立ち上がった。

「あ、あたしがやります」

目ざとく気づいた夏実が、大塚から急須を取って流し台に行く。土橋の妻はこんなこともしてやらなかったんだろうな、と思うと、死んだ土橋が哀れだった。商店街でも一、二を競う大きな店構えで、三期つづけて商店会長を務めて、いずれは区会議員にでも立候補するんじゃないかと思われていた土橋家具も、家に帰ればあの鬼瓦女房に痛めつけられていたのだ。

「あの女房は土橋家具の家付き娘なんだ。土橋さんは入《い》り婿《むこ》でね」

大塚が、夏実の入れ替えた熱いお茶をうまそうにすすった。

「しかも入り婿の二代目なんだよ。前の婿さんが新婚二カ月で逃げ出したもんで、自分ちの店員だった土橋さんを婿に直したんだ」

「その逃げたお婿さん、賢かったわ」

夏実がしみじみと言った。

「ねえ所長。今思いついたんですけど、土橋さんを殺したの、あの奥さんじゃないかしら」

「どうして」

「だって、旦那さんが死んだのにあんまり悲しそうじゃないんですもの」

「おやおや、もう宗旨《しゅうし》変《が》えかい」

大塚が笑った。

「夏実ちゃんはさっき、春田牧子が怪しいって言ったばかりじゃないか」

「違いますよ。あたしが牧子を怪しいって言ったのは、積立金の盗難のほうですよ」

大塚に向かって口を尖らせた夏実は、すぐに真剣な顔になって峡平に向き直った。

「でも、今はそっちもあの奥さんが絡んでいるんじゃないかって気がしてきた。所長、あたしの推理聞いてくれます？」

「いいよ」

峡平はメモ用紙と鉛筆を取って夏実の顔を見上げた。夏実を喜ばすためではない。こういう突拍子もない事件では、夏実のような素人《しろうと》が——つまりは先入観に染まっていない人間が、案外いい意見を出すことがあるからだ。

「コホン。まず積立金の盗難です。あれは土橋家具のご主人が、奥さんに命じられて盗んだんです」

「ほほう」

「土橋家具は資金繰りに困っていた。——バブルがはじけた今は新しい家具を買うお客もあまりいないし、お店が大きいとそれだけ経費もかかりますからね」

「なるほど、なるほど」

「しかも奥さんは家付き娘の権力者です。あの奥さんに命じられて逆らえる人なんか、そういないわよ」

「たしかにそうだ」

「商店会長の土橋さんなら、金庫からキャッシュカードを出すのも簡単だしな」

自信たっぷりの夏実の言葉に、いつのまにか大塚までがフンフンと頷いている。それを見た夏実は、ますます自信たっぷりに自説を展開する。

「で、土橋さんは積立金を下ろした。月末には通帳に数字が記載されるのを知っていたから、もちろんじきに返すつもりだったんでしょう。ところが資金繰りがつかなくなった。土橋さんは奥さんに詰め寄った。俺を泥棒にするつもりか……そこで、あの奥さんが」

「金属バットでガーン！」

「正解。大塚さんの言うとおり」

夏実がニッコリ笑って大塚と握手した。二人を見ていると、犯人はあの女房に決まり、といった感じだ。峡平は鉛筆を置いて二人を睨んだ。

「だとすると、春田牧子の失踪はどうなるんだ」

「決まってるじゃないですか。牧子に罪をなすりつけるために、土橋の奥さんが消しちゃったんです」

「しかし、土橋の奥さんには、そんなチャンスはなかったはずだ。牧子は午前中は現場検証だったし、午後は奥さんのほうが鍛冶木刑事に話を聞かれていた」

「いや、消すことはできなくても、失踪させることはできるんじゃないか」

大塚が身を乗り出した。

「さっきの話だと、奥さんは、土橋さんが牧子の部屋の保証人になったのを知っていたというじゃないか。たぶん、あたしが土橋さんに渡した契約書のコピーを見たんだと思うが……。そうなると、電話番号もとうぜん知っていたと見ていい」

「そうだ、電話をかけて脅したんだ！」

夏実が膝をたたいた。

「ちょいと。警察じゃ、あんたが犯人だと思ってるわよ。ウソ言ってもダメよ、あたしはちゃんと知ってんだから」

「うまいな。今の声色《こわいろ》、奥さんそっくりだ」

「所長！　声色に感心する前にあたしたちの推理に感心してくださいよ。あたしと大塚さんの推理にっ」

大げさに眉を逆立てた夏実に、峡平がぷっと吹き出す。あとは大笑いになった。ひとしきり笑ったあとで、峡平はメモ用紙を二人に示した。

「今の名推理の中で、ひとつだけ参考になることがあるな。それは殺された土橋会長自身にも、積立金を盗んだ犯人の可能性があるということだ」

「加害者が被害者かもしれないんですね」

夏実が頷く。

「積立金を盗むチャンスがあったのは、誰と誰なのかしら」

「正確に言えば、金庫からキャッシュカードを盗み、そして戻すチャンスがあったのは、ということだね。カードさえあれば、たとえば俺や夏実ちゃんだって積立金を下ろすことはできるんだから」

峡平は夏実の言葉をおぎなった。

「わかった。共犯者の問題ですね」

「うん。もっとも鍛冶木刑事は、犯人がカードを使ってくれたんで手数が省ける、と言ってホクホクしている。銀行の現金自動支払い機には犯罪防止ビデオがついてるだろ。そのビデオの映像を調べれば、金を下ろした犯人が見つかるのは時間の問題だって。そうなればカードを盗んだ人間も特定できるだろうし、場合によっては土橋会長を殺した人間もわかるかもしれないってさ」


「あら、たいへん」

夏実が飛び上がった。

「ぐずぐずしてたら、あたしたちより先に警察が犯人を捕まえちゃうわ」

「今朝、同じことを菜々公に言われたよ」

峡平はため息をついた。朝食のトーストをかじりながら何気なく銀行のビデオの話をしたら、

「峡さん、頑張らなきゃダメじゃないの！」

菜々子はふいに立ち上がって峡平に厳命したのだった。——いいこと？ 佐倉峡平探偵事務所の将来がかかってるってことは、ようするにあたしとボレロの生活がかかってるってことなんだからね。峡さん、絶対に警察より先に犯人を見つけてよ。そうでなかったらあたし、ボレロと一緒に家出して不良になっちゃうから……。

「菜々のやつ、大きくなったら土橋の奥さんみたいになるぞ」

「まさか」

夏実が笑い出した。

「菜々ちゃんに限って、そんなことないですよ。ねえ、大塚さん？」

「ないない、間違ってもない」

大塚が大きな声で言ったとき、事務所のドアが開いて、かど屋和菓子の二代目が顔を出した。

「こんにちは……あ、お食事中ですか」

「いえ、今終わったところです。どうぞお入りください」

かど屋和菓子の顔に、心配そうな、思いつめたような表情が浮かんでいる。あきらかに、探偵事務所を初めて訪れる依頼人の表情である。

「さあ、どうぞ。こちらの椅子のほうが座り心地がいいですよ」

峡平は蕎麦のうつわを脇へ重ねて、かど屋和菓子に椅子をすすめた。心の中では、「ハイハイいらっしゃいませ」と揉み手をしたい気分だ。

「ごちそうさん。じゃあ、あたしはこれで」

それと察した大塚が、挨拶代わりに手を挙げて事務所を出て行った。かど屋和菓子は少しだけホッとしたようだ。

「佐倉さん、こちらの女性はどなたですか」

「あ、紹介が遅れてすいません。彼女は木崎夏実と言いまして、僕の助手です」

「はじめまして、よろしくお願いします」

夏実がしおらしく挨拶した。かと思うとてきぱきとレポート用紙を揃えたりして、なかなか有能な探偵事務所員ぶりだ。

それを見て、かど屋和菓子はやっと安心したらしい。

「そうですか。じゃあ、しゃべっても大丈夫なんですね」

「もちろんです。秘密は絶対守ります」

「じつは……ある人を探してほしいんです」

かど屋和菓子がすがりつくように峡平を見た。おとといの晩、中村酒店が春田牧子のグラマーぶりを話題にしたとき、怒った様子が目に浮かんできた。

「ある人というのは、春田牧子さんのことでしょう?」

「えっ、どうして知ってるんですか」

目を丸くしてのけぞったかど屋和菓子は、すでにして峡平のものである。峡平の観察力と推理力に心底驚き、かつ感動しているのがわかる。

「それはさておき、かど屋さんはいつ彼女がいなくなったのを知ったんですか」

「今朝店に出たら、最中《もなか》を買いにきたイワタ眼鏡さんが教えてくれたんです。経理の春田牧子が昨日の晩から行方不明だって……商店会の積立金が失くなってるのもわかったって。イワタ眼鏡は、まるで牧子さんがお金を持ち逃げしたみたいな言い方をするんです。自分のほうがよっぽど金に困ってるくせに」

しゃべっているうちに、かど屋和菓子はだんだんイワタ眼鏡に腹が立ってきたようである。

「考えてみれば、おとといの役員総会で佐倉さんが積立金取り崩しの案を出したとき、イワタ眼鏡が妙な顔をしていたでしょ。会計係のくせに、積立金がいくらになってるかわからないとか言っちゃって、それをコンピュータのせいにして。——僕に言わせれば、あいつのほうがよっぽど怪しいんだ。駅の向こう側にできた安売り眼鏡屋のおかげであいつの店が左前《ひだりまえ》なのは、町内で知らない者はいませんよ」

かど屋和菓子の言うことには、たしかに一理ある。あの晩、イワタ眼鏡がおかしな言動をしたのは、峡平も自分の目で見ているからである。

「だいいち、牧子さんはお金を盗むようなひとじゃありません。盗む理由もありません」

かど屋和菓子がきっぱりと言った。

「それはわからないんじゃないですか。人間には、いろいろ隠してる事情もあることだから」

「ありません。彼女にかぎって、絶対にありません！」

「なぜ〝絶対に〟なんです？」

「それは、……僕らはいずれ結婚するつもりだからです」

そう言うと、かど屋和菓子はパッと顔を赤らめた。こりゃあそうとう惚れてるな……峡平はほほえましい思いで相手を眺めた。

「それはおめでとう。で、式はいつです？」

「困ってるのはそこなんですよ。じつは、うちの両親が彼女との結婚に反対してるんです。理由は彼女に両親がいないからです。そんなの彼女の責任じゃないのに、ふざけてますよ」

「おっしゃるとおりだわ。親はたいてい子供より先に死ぬんですもの」

それまで無言でメモを取っていた夏実が、ふいに顔を上げて言った。

「そうでしょ、所長もそう思うでしょ」

「思うよ」

夏実に問いただされて、峡平も頷かざるを得ない。

「佐倉さんお願いです、彼女を見つけてください。そして彼女の無実を証明してください」

かど屋和菓子がテーブルに手をついて頭を下げた。

「所長、あたしからもお願いします。愛し合ってる二人のために」

横で夏実も頭を下げた。知らない人間が見たら、この二人こそ愛し合っている同士だと、勘違いしただろう。

「わかりました。見つけるのはお引き受けしましょう」

峡平は言った。

「ただし牧子さんの無実のほうは、証明しろと言われても無理です。私にはそれだけの情報も権限もありません」

「いいです。僕は今、彼女のことが心配でならないんです。僕に黙っていなくなってしまうなんて、よっぽどのことだと思うんです。佐倉さん、どうかよろしくお願いします」

八

「――それではご出棺でございます。ご参列の皆様、どうか合掌をお願いいたします」

ハンドマイクを通して、栗田葬儀社の職業的にしめやかな声が流れた。上着の腕に黒の喪章を巻きつけた峡平は、道を空けるために少し後ろに下がると、上目遣いに参列者の面々をそっと眺めた。

佐々木陶器がいる。かど屋和菓子の大旦那がいる。口をへの字に結んだイワタ眼鏡がいる。

礼服というより、ディスコの黒服みたいなイタリアン・スーツに身を包んでいるのはファッションの小泉である。小坂布団店も、中村酒店も、金村スポーツも、正直堂文具もいた。商店会の役員は、一人残らず土橋家具の葬儀に参列していた。——この中に、商店会の積立金を盗んだ犯人がいるのだ。そしてたぶん、土橋を殺した犯人も……。

やがて、数人の男たちに担がれた土橋の柩《ひつぎ》が、しずしずと運ばれてきた。柩に付き添っているのは坊さんと土橋の妻、妻とそっくりな顔つきをしたその母親である。

「南無阿弥陀、なんまいだ……」

参列の年寄り連中が数珠《じゅず》を鳴らし始めた。柩がゆっくりと霊柩車に納められた。それを待たずに、土橋の妻と母親がすぐ後ろのハイヤーに乗り込む。どうやら葬儀委員長の挨拶はないようである。

「皆様、ありがとうございました。多数のご参列をいただきまして、故人もさぞ喜んでおりますことで、ハイ」

本来なら遺族がやるはずの参列御礼を、栗田葬儀社が懸命になって述べている。その間にハイヤーはエンジンをふかして行ってしまい、霊柩車があわててあとを追った。

「あっ、ただいま出発いたしました。皆様、最後のお別れを……。どうもハイ、以上で故土橋正司の葬儀を無事終了させていただきます。ありがとうございました……ありがとうございました」

常識を超えた進行に、栗田葬儀社はしどろもどろだ。しかしまあ、とにかく終わった。よかったよかったと、安堵の気持ちが栗田葬儀社の顔に書いてあった。

「土橋家具は店を畳むらしいね」

緊張の解けた参列者から、そんなおしゃべりが聞こえてくる。

「道理で、そっけない葬式だと思ったよ。これからも商店会でやって行こうという葬式じゃなかったよ」

「奥さんが言うには、もう買い手は決まってるそうだ。パチンコ屋だってさ」

「へえ。土橋会長はそんなこと、まるで言ってなかったけどな」

「土橋さんは聞かされてなかったんだろうよ」

しゃべっているのは小坂布団店とファッション小泉だった。向こうのテントでは、正直堂文具と飯田呉服店が香典の袋を数えている。その横で参列者に会葬御礼を配っているのは、大塚吉造と中村酒店である。

「峡さん、まっすぐ事務所へ帰るかね」

大塚が峡平を手招きした。

「そのつもりですが」

「じゃあ夏実ちゃんに伝えてくれないか。三時になったら店を閉めちゃってくれってね」

夏実は今日、土橋の葬儀の手伝いに駆り出された大塚に代わって、午後から不動産屋の店番をしている。大塚は、夏実が春田牧子の調査にかかりたくてうずうずしているのを知っているので、少しでも早く解放してやろうというのである。

とはいうものの、牧子がそう簡単に見つかるとは思えなかった。かど屋和菓子の二代目から聞いた牧子に関する情報は、情けないほど少なかったからだ。

「男ってほんとにダメね」

かど屋和菓子が帰ったあと、夏実はつくづくと言ったものだ。

「いくら他人に邪魔されたくないって言ったって、恋人の友達の二人や三人、知ってるのが当然なのに」

だが、知らないものはしかたがない。峡平はとりあえず、大塚から聞いた牧子の前の勤め先に当たってみるよう、夏実に指示を出した。

「おめでたいことで、ちょっとお伺いしたいと言うんだぜ。結婚調査はよくあることだから」

夏実は今、店番をしながら、生まれて初めてする聞き込み調査の予行演習をしているはずである。最初は俺もあんなだったなあと、峡平は三年前の自分を照れくさいような気分で思い出す。

「だけど、奥さんのあのセリフはないよなあ」

坂巻米店が、大塚から会葬御礼を受け取りながら、ひそひそと話しかけていた。

「よりによってこんな世間体の悪い死に方をして、とか、子種もないくせに浮気だけは一人前だったとか」

「あれにはあたしも腹が立った」

横から口を出したのは井口電気だ。

「あたしが土橋さんだったら、お棺から出てきて殴りつけてやるところだ」

「だけど、土橋さんはほんとに浮気をしてたのかね」

「まさか。邪推だよ、邪推」

「経理の女の子がいなくなったのを聞いて、だいぶ荒れ狂ったそうじゃないか」

「しかしあの子は、かど屋さんの息子のコレだろ。うちの娘が新宿で見かけたって言ってたよ、二人でいるところを」

「へえ。知らなかったな」

　商店主たちのおしゃべりはとどまるところを知らない。横に立って聞きながら、世間はよく見ているな、と峡平は思った。かど屋和菓子の二代目と牧子のことも、本人たちが知られていないと思っているだけで、世間は先刻お見通しだったのだ。

「女房焼くほど亭主モテもせず、ってね。まったくはた迷惑な話だよ」

　空になった段ボール箱をかたづけながら大塚が言った。

「あの奥さん、昨日峡さんの事務所に駆け込んできたんだ。うちの亭主を殺したのは春田牧子だから、とっ捕まえてくれって」

　止めようとしたときにはすでに遅かった。

「えっ。奥さん、佐倉さんのところまで行っちゃったんですか」

　中村酒店が驚いた顔で峡平を見た。

「じつはそうなんです」

峡平は声を落とした。

「依頼人の秘密に関することなんで、どうかここだけの話にしておいてください」

「ここだけもそこだけもないよ。あの奥さん、同じことをあちこちでぺらぺらしゃべってるんだから」

坂巻米店が笑いながら言った。

「中村さん。あんた、あの奥さんにだいぶ恨まれてるらしいね。奥さんが春田牧子のことで警察に行こうとしたのを止めたんだって？」

「そうなんだよ」

中村酒店が暗い顔になった。

「いえね。土橋さんが殺されたと聞いて、あの晩すぐお悔やみに行ったんだよ。ほら、うちはここのすぐ近くだし、お通夜の酒の注文もあるかもしれないと思ってさ。そうしたら奥さんが、〝うちの人を殺したのは春田牧子だ〟ってわめき出してさ。証拠もないのに、めったなことを言うもんじゃないって宥《なだ》めたんだけど、聞きゃあしない。そこで言ってやったんだ。そんなことを言うとあんたが疑われるよ、あんたがご亭主を悪《あ》しざまに言ってたのは商店街じゃ有名なんだからって」

「よく言ったね」

「よかったのか、悪かったのか」

中村酒店がため息をついた。

「あたしがよけいなことを言わなければ、春田牧子を逃がさなくてすんだのにって、もうたいへんな剣幕なんだ。今日の酒だって、よその店に注文してさ。もっともお通夜じゃないからたいしたことはないが」

「それにしても奥さんは、なんで土橋さんが春田牧子と浮気をしているなんて思いついたんだろうね」

「さあね。あたしには興味ないね」

そう言うと、中村酒店はぷいと横を向いて栗田葬儀社のほうへ行ってしまった。気がつくと、いつのまにか黒白のまん幕も祭壇も取り払われて、土橋の家はガランと殺風景なふつうの家になっていた。

「さて、帰るとするか」

大塚が腕時計を見ながら峡平に言った。

「二時五十分だ。思ったよりずっと早く終わったな。栗田のおやじも、あの奥さんにだいぶ値切られたんだろうな」

九

ネオンに明るんだ夜空に、カーン、カーンという小気味のいい音が響いている。ときおり正面に張ったネットが揺れると、その向こうの居酒屋の看板も一緒に揺れるように見える。——

駅前スーパーの屋上にあるバッティングセンターで、峡平は鍛冶木刑事と並んで汗を流していた。土橋の葬儀から戻ると、鍛冶木から「ひさしぶりにどうだい」と電話が入ったのだ。

「うん、今夜はなかなかいいぞ」

鍛冶木が満足そうに峡平を振り向いた。

「今の当たりを見たかい。ネットがなけりゃ、向かいのビルを越えてたよ」

「ビル越えのホームランですね」

峡平は笑いながら汗を拭いた。

「峡さんはビル越えどころか、バットもかすらないな。どうしたんだ」

「ボールのスピードを上げたんです。百二十キロに挑戦してるんですよ」

「あはは、負け惜しみを言ってるな。……ほれ、またヒットだ」

鍛冶木の太めの胴体がよじれる。剣道で鍛えた腕の振りは鋭い。峡平は気を取り直してバットを構えた。だが、気持ちがボールに集中しない。ボールを待つ短い間に、二日前から引っかかっているあの「何か」が、ちらちらと浮かんでくるのだ。

「どうもダメです。ちょっと休憩します」

「そうかい。じゃあ俺も休もうかな」

鍛冶木がバットを下ろした。連れ立って壁ぎわのベンチに腰を下ろす。

壁の向こうでは、菜々子が真剣な顔でもぐら叩きゲームをやっていた。もちろんボレロも一緒だ。ボレロは前脚をゲーム板にかけ、出てくるもぐらになんとか嚙みつこうと、むなしい努力をつづけていた。しかも菜々子はモグラを叩くより、ボレロの鼻面を叩く回数のほうがはるかに多いときている。

「あれじゃあモグラ叩きじゃなくて、犬叩きだな」

鍛冶木がタバコを出しながら笑った。

「ボレロの取り柄《とえ》は辛抱強いところなんですよ」

峡平も笑った。

「ところで、捜査のほうはどうですか。何か進展はありますか」

「あると言えばあるし、ないと言えばないな」

鍛冶木がふうっと煙を吐いた。

「まず、あんたが依頼された春田牧子の失踪の件だが、これは今のところ収穫ゼロだ。牧子の部屋に残っていた電話帳を見て片っぱしから電話をかけてみたが、居どころに心当たりのある人間は一人もいなかった」

「今日の午後、夏実ちゃんを前の勤め先にやって聞き込みをさせてみたんですが、やっぱり収穫はなかったです」

「積立金の件は、ちょっぴりだが収穫があった。——金庫からキャッシュカードを取り出せる人間が限られてるのは、あんたも知ってるよな」

「経理の春田牧子、会計のイワタ眼鏡、会長の土橋家具、副会長の中村酒店。それから書記の正直堂文具ですね」

「それと先代会長の佐々木陶器、同じく先代会計の小坂布団店だ。ここ六、七年、金庫の組み合わせ番号を変えてないんだと」

鍛冶木がうんざりした顔になる。金庫を開けることのできる人間が増えれば増えるほど、捜査の手間も増えるからである。

「でも、銀行のビデオがあるんでしょう?」

「それが、だ」

鍛冶木のうんざり顔がよけいひどくなった。

「間《ま》の悪いことに、金が下ろされた日の午前中、ビデオの機械が故障してたんだよ。テープが中でからまってたんだ」

「そんなことってあるんですか」

「あるんだからしょうがないだろ」

吐き捨てるように言うと、鍛冶木はやおら二本目のタバコに火をつけた。

「というわけで、さっき挙げた連中を調べるより方法がなくなったのさ。——しかもこの連中の中で、金に困ってないのは佐々木陶器だけときている。春田牧子はわからないが、あとはみんなキューキューだ。世の中、ほんとに不況なんだな」

「商店街はとくに大変なんですよ。みんな生き残りに必死です。アーケードの改築があんなに揉めたのも、そのせいなんです」

カーン、カーンと音が響く。ネオンの電球が切れかかってでもいるのか、夜空を照らす赤い光が震えている。

「土橋さんが殺されたのは、やはり積立金が失くなったのと関係があるんでしょうか」

「そこはまだはっきりしないな」

鍛冶木が言った。

「俺としちゃ、予断は持ちたくない。夫婦仲はそうとうひどかったようだし、会長選挙にからんで、だいぶ恨みも買っているということだ。そっちの線も調べてるよ」

「会長選挙の件は初耳ですね」

「四年も前の話だからな。イワタ眼鏡と最後まであらそったあげく、金にものを言わせて競《せ》り勝《か》ったそうだ。少なくともイワタ眼鏡はそう言ってる」

「現場は荒らされたあとはありませんでした」

峡平は言った。例の何かが、記憶の底でちらっとまたたいた。

「うん。だから物盗りの線はいちおう排除していい」

「役員たちのアリバイはどうなんですか」

「現在調査中だ。もっとも佐々木陶器はあんたと一緒だったから問題ないけどね」

「そう言えば佐々木陶器さんは、あの晩、私に頼みたいことがあるって言ってたんです。しまった、今日土橋さんの葬式で会ったとき、確かめておくんだった」

「峡さん、百円玉ちょうだい」

菜々子が駆け寄ってきた。

「おい、まだやるのか。もう五百円も使っちゃったんだぞ」

「でもちゃんと楽しんでるもん。峡さんたちなんか、お金使ってるのにおしゃべりばかりじゃない？　しゃべるのなら、うちでもできるのに」

菜々子が口をとがらせる。峡平はポケットから千円札を出して、「下の受付で両替しておいで」と言った。

「ねえ、缶ジュース買ってもいい？」

「いいよ。ついでに、峡さんたちにアイスコーヒーを買ってきてくれ」

「わかった。ボレロ、おいで」

菜々子が小走りで階段を降りて行く。入れ替わりに、バットケースを肩にかけ、ジャージーの上下を着た、がっちりした体格の中年男が上がってきた。金村スポーツだ。

「やあ、どうも」

峡平に気づいた金村スポーツが、野球帽に手をかけて挨拶した。

「佐倉さんは野球もやるんですか。だったらこんどの日曜日、うちの試合に出てくれませんか」

「日曜日か。たぶん大丈夫だと思いますよ」

「よかった」

金村スポーツがにっこり笑う。ずいぶん昔、峡平はこの笑顔をテレビで見たことがあった。金村スポーツが南海ホークスでたった一度、テレビでインタビューを受けたときだ。あのときと比べて髪の毛は三分の一ほどに減っているが、目尻のしわもずっと深くなっているが、しかし、笑顔のよさは変わっていなかった。アキレス腱さえ故障しなければ、もっともっと活躍できた選手だった。

「日曜日は土橋会長の追悼試合なんですよ」

金村スポーツがバットケースのファスナーに手をかけた。

「会長はうちのチームの創立メンバーで、初代選手会長でもあるんです。だからどうしても勝ちたいんですよ」

「金村さん一人いれば楽勝じゃないですか」

「とんでもない。野球はチームプレーですよ。一人じゃ勝てませんよ」

元プロ野球選手なのに、金村スポーツにはまるで気取りがなかった。いい男だ。髪は薄くたって、いい男はやっぱりいい男なのだ。

「うちのチームはこの春、危機を迎えましてね。人数が足りなくなっちゃったんです。そこを土橋さんが頑張って、中村酒店さんと丸茂書店さんを、チームに引き入れてくれたんですよ。そのご恩返しのためにも勝たなくちゃ」

金村スポーツがぐいとバットを引き抜いた。峡平のバットより八センチは長い、すごい金属バットだ。そのバットを見た瞬間、峡平の記憶をおおっていた膜がはげしくふるえた。膜はふるえながらどんどん薄くなっていく。薄くなったその膜を通して、血まみれの金属バットが見える……。

「バットで人を殺すなんて、野球に対する冒瀆《ぼうとく》ですよ。犯人はぜったいに野球に興味ないヤツですよ」

金村スポーツがすばらしいフォームでバットを構えた。だが、峡平の耳には何も聞こえなかった。何も見えなかった。血まみれの金属バットのつややかな光沢だけが、峡平の意識を占領していた。

「わかりました……犯人がわかりました」

峡平はかすれた声でつぶやくと、鍛冶木の耳にある名前をささやいた。

「えっ」

鍛冶木が腰を浮かせた。

「春田牧子は、もしかしたら……」

「まずい、応援を呼ばにゃならん！」

叫ぶなり、鍛冶木は公衆電話に向かって駆け出して行く。峡平も走った。電話に取りついて怒鳴り声を上げている鍛冶木の背中に、「先に行きますから」と声をかけ、階段を駆け下りた。

ボレロを従え、ジュースの缶を抱えた菜々子が下から上がってきた。

「峡さん、どこ行くの？」

階段の途中で立ち止まった菜々子が、びっくりした顔で峡平を見上げた。

「急用だ。ボレロを借りてくぞ。ボレロ、こい！」

すれ違いざまにボレロの背中を叩くと、峡平はあとも振り向かず、運よくきたエレベーターに飛び乗った。

十

「……でも、けっきょく春田牧子は中村酒店の倉庫にはいなかったんでしょ」

夏実が負け惜しみの口調で言った。

「そこだけがドジだったな。鍛冶木さんが大応援を頼んじゃったあとだったからな」

峡平は鷹揚に笑った。すべてが終わった日曜日の朝である。夏実と大塚、菜々子の三人を相手に、峡平は昨日の晩の逮捕劇を説明しているところである。

「そうか。土橋さんを殺したのは中村酒店だったのか」

大塚はちょっぴり淋しそうだった。日本酒の品揃えの充実した中村酒店は、同じ商店街の仲間というだけでなく、大塚の贔屓《ひいき》の店でもあったのだ。

「動機は、やっぱり積立金か」

「ええ。去年の四月、隣駅の国道沿いに酒の量販店ができてから、中村酒店の資金繰りは想像以上にひどかったようです。何しろ同じ商店街の人までが、クルマで量販店にビールを買いに行くようになったそうですから」

「目先の安さに飛びついたあげく、商人の仁義までがすたれちゃったんだな」

「まあそうですね。で、中村酒店はどうしようもなくなって、悪いとは知りながら積立金に手をつけたというわけです。本人が言うには、月末までに何とか返済するつもりだったようですが」

「お金を戻したって、通帳には引き出したことが記入されちゃいますよね」

「そこはどうにかなると思ってたんだろう。銀行がミスをしたとか何とか……。しかし、その前に思いもかけなかったことが起きた。土橋会長が、積立金が下ろされたことに気がついちゃったんだ」

「どうして気がついたんですか」

「銀行の営業マンに言われたんだ。〝積立金を下ろしたのは、いよいよお神輿を新調なさるんでしょうか〟って。営業マンとしては、窓口じゃなくカードで下ろされたのにカチンときたんだろうね」

「窓口なら、下ろさせない算段もできたからね」

大塚がわけ知り顔で言う。

「銀行っていうのは、預かった金は自分の金だと思うんだよ」

「ふうん。じゃあ、やっぱり貯金箱のほうがいいね」

菜々子が言った。

「菜々公の場合は銀行も貯金箱も一緒だよ、貯めるって気持ちがないんだから。――それはさておき、土橋さんは積立金が失くなったのに気がついた。そして中村酒店に疑いの目を向けた」

「なぜ？　金庫を開けられる人は、ほかにもいたのに」

「それは土橋さんに聞いてみないとわからないな。とにかく、中村酒店が怪しいと思った土橋さんは、集会のあとで商店会事務所にくるように中村酒店に言った。もちろんまだ疑いだけだから、他人には一言もしゃべらなかった。役員総会が終わり、小坂布団店が事務所に鍵をかけ、路地に人がいなくなってから、土橋さんはそっと商店会事務所に戻った」

「そのすぐあと、中村酒店が足音を忍ばせて事務所に入った。そして、傘立てから土橋会長愛用の金属バットを引き抜くや……」

「違うよ。そこがこの事件のポイントだったんだ」

峡平は夏実の顔に笑いかけた。

「あの日は僕も役員総会に参加した。ほかの役員と同じようにね。だけどみんなと違って、僕は商店会事務所に行くのは初めてだった。だから先入観がなかったんだ」

「どんな先入観が？」

「傘立てに土橋会長愛用の金属バットが立ててある、という先入観さ」

「えっ。じゃあ土橋さんが殺されたバットは、あのバットじゃなかったんだね」

大塚が言った。

「そうなんです。僕はあの日、バットを見なかった。それなのに土橋さんはバットで殺されていた。先入観さえなければ、ほかの人たちも、そのバットが土橋さん愛用のバットより新しかったことに気づいたはずです。でも誰も気がつかなかった。みんなの証言で、鍛冶木刑事も、土橋さんを殺したバットは傘立てにあったバットだと思ってしまった」

「それで所長は、鍛冶木刑事が凶器の話をしたときに、少しビックリした顔になったんですね」

　夏実が一人合点でうなずいた。

「そうなんだ。僕もあのときは、鍛冶木刑事の言葉を信じてしまった。傘立てを注意深く観察したわけじゃなかったから……でも、どこかでずうっと引っかかっていたんだね。何かがおかしいと」

「それがはっきりしたのが、あのバッティングセンターだったんだ」

　菜々子が手をたたいた。

「うん。そのあとはすべてがパッとつながった。中村酒店の動き……事件があったその晩に、一番乗りで土橋家具の家に行ったこと……」

「峡さん、もうちょっとわかりやすく説明してくれないか」

「中村酒店は、金の工面のメドがつきませんでした。つかない以上、積立金は返せない。土橋家具を殺すしかない。そう思いつめて、自分のバットで土橋さんを殴り殺したんです。そしてバットをその場に置いてきた。あの時間の商店街はまだ明るいし、血のついたバットを持ち歩くわけには行かない。また事務所の流しでバットを洗うのも、時間がかかって危険だからです。だいいち、誰だって自分の殺した人間のそばから早く離れたいですよね。

　一方、バットを置いて出てきた中村酒店は、今度はバットを手に入れなければなりません。

そこで中村酒店は土橋家具の家に行った。土橋さんの愛用のバットを取ってくるためです。そのバットが見つかったら、ひとつしかないはずの凶器が二つになってしまいます。ただし……」

峡平は言葉を切って三人を見回した。

「所長、じらさないでくださいよ」

夏実が抗議の声を上げた。

「ただし中村酒店はここで、とんでもない目に遭うことになりました。土橋の奥さんが、よりによって中村酒店の娘を犯人だと言って騒ぎ出したからです」

「何ですって」

「何だって！」

三人がいっせいに狐につままれたような顔になった。

「そうなんだ。これはあとでわかったんだけど、春田牧子は中村酒店の娘だったんだよ」

峡平は静かにいった。

「春田牧子には父親がいなかったな」

大塚がうめいた。

「そうだったのか。そういうことだったのか」

「牧子は、自分の父親が中村酒店だということを知っていたんですか」

「知らなかったようだ。今も知らない。中村酒店が、これだけは内緒にしてくれと鍛冶木刑事に泣いて頼んだそうだ」

「それで？　峡さん、早くその先を話してよ」

菜々子がせっつく。

「中村酒店は、土橋の奥さんを何とか宥めた。でも、あの奥さんのことだからすぐにみんなにしゃべってしまうと思った。しゃべるだけならまだしも、経理担当の春田牧子は積立金を盗んだ犯人として、十分に疑われる理由があることにも気づいた。しかも、こともあろうに、当の牧子が姿を隠してしまった！　中村酒店は完全にパニックになりました。土橋さんの葬儀の日はそのピークで、だからあの日、事件の当日に土橋の家に行ったことを、言い訳がましくぺらぺらしゃべったんだよ」

「そういえば、酒の注文がどうとか言ってたな」

大塚が言った。

「しかしまあ、これですべてが解決したってわけだ。春田牧子も戻ってきたんだろう？」

「ええ。中村酒店の逮捕を新聞で読んで、帰ってきました。土橋の奥さんから電話で罵《ののし》られて、怖くなって逃げたと言ってました」

「あの女、そんなことちっとも言ってなかったがな。しょうがないやつだ。商店街からいなくなってくれてせいせいしたよ」

「パチパチパチ。これで一件落着だね」

菜々子が拍手した。

「ちょっと待って。ひとつだけわからないことがあるんだけど」

夏実が手を挙げた。

「土橋さんはあの日、役員総会に遅れてきましたよね。あれはなぜだったんですか？」

「鍛冶木刑事の調べでは、弁護士のところに行ってたんだとさ。どうやら奥さんとの離婚を考えてたらしいよ」

「俺もあるな」

大塚が言った。

「土橋さんが殺された日、佐々木陶器さんが、峡さんに調べてもらいたいことがあるって言ったそうじゃないか。あれは何だったんだ」

「私も気になって、おととい電話を入れたんです。答えはアーケード改築の寄付に関してでした。匿名で寄付したいので、それを私に代行してくれということです。——さてと、そろそろ行かなくちゃ」

峡平は立ち上がった。佐々木小次郎の物干竿よろしく、バットケースを背中に背負った金村スポーツが、窓の外から手を振っていた。

「今日は土橋会長の追悼試合ですからね。ぜったい勝ってきますよ」

迷い猫殺人事件

一

「所長、こんな感じでどうでしょうか」

夏実が椅子を立つと、できたばかりの手書きポスターを掲げて見せた。

「どれどれ」

峡平《きょうへい》は書類を書く手を休めて、夏実のぐいと盛り上がった胸を——ではない、胸の前のポスターをしげしげと眺めた。

ポスターは迷い猫の情報集め用である。「WANTED！　謝礼一〇万円」という文字の下に、大きく引き伸ばした猫の写真が貼ってある。猫の名前はゴン、とら毛の牡《おす》で、いなくなったのは先週の水曜日だ。

「いいじゃないか。これなら目立つよ」

峡平が褒めると、夏実はニッコリ笑ってポスターを峡平の机に置いた。

「目立たなきゃ困りますよ。あのオバサン、また怒鳴り込んできますもん」

「そうだね。今日だって、すごい剣幕だったものね」

依頼主の金谷トモ子の形相を思い出して、峡平は苦笑いした。

「ちょっと！　おたくに頼んでからもう丸二日よ。二日たってもぜんぜん見つからないっていうのは、どういうことよ！」

派手なスーツに身を包み、美容院から出てきたての頭をした金谷トモ子が事務所に乗り込んできたのは、今日の五時すぎだった。

「すみません。努力はしているのですが……」

「ちゃんと探してくれてるの？　手付金だけ取って、後回しにしてるんじゃないでしょうね」

「最優先でやっています。昨日も今日も、おたくの猫探しに専従しています」

「あんたたち二人とも？」

「もちろんです」

ウソではなかった。佐倉峡平探偵事務所では、目下のところほかに仕事がないので、猫探しに専従するしかないのだ。

「おたくのマンションから半径二百メートルをしらみつぶしに調査してみたんですが、有力な情報は得られませんでした」

「ポスターは貼ってくれてるの？」

「もちろんです。百枚用意して、めぼしい電信柱には全部貼ってあります」

「たった百枚！　もっと貼って頂戴よ」

「はあ。しかし……」

「お金なら出すわよ。ゴンを見つけてくれた人にはお礼もするわ。――そうね、十万円出すってポスターに書いてよ」

「それはちょっと出しすぎじゃないですか」

「わからない探偵さんね。あたしは今すぐにでもゴンを取り戻したいのよ。お金の問題じゃないのよ！」

——というわけで、峡平は夏実に残業を頼んで、ポスターを作り直してもらったのだった。出来上がったポスターは、このあとコンビニでコピーを取って、今夜じゅうに貼りに行く予定である。金谷トモ子は中野でバーのママをやっている。深夜、仕事を終えてマンションに戻ったとき、そばの電信柱に新しいポスターが貼ってないと、明日また怒鳴りこんでくるに違いないからである。

「だけどこの猫、ずいぶん性格の悪そうな顔してますね。それにすごいデブだし」

夏実が机に両手をついて峡平の顔を覗き込んだ。襟ぐりの大きいTシャツから胸の谷間がくっきり見えて、峡平はあわてて目をそらした。

じつを言うと、峡平は今朝からこのTシャツに悩まされていた。今年の流行らしいが、ぴっちりしていて、丈もやけに短いのだ。

その小さいTシャツを夏実が着ると、グラマーぶりがさらに強調されて目のやり場がない。いやはやその前に、脇の縫い目がほころびてしまうのではないかと心配だ。

「人間で言えば、甘やかされたドラ息子ってとこかな」

そらした目を猫の写真に押し当てて、峡平はつぶやいた。いくら流行でも、こういうファッションは困る。

夏実が兼業で電話番を勤めている大塚不動産の大塚吉造も、きっと目のやり場に困ったに違いないのである。

「そのドラ息子が家出したってわけですね」

夏実が言った。

「放っとけばいいいんですよ、そういう猫は。ノラ猫のあいだに交じって少し苦労したほうがいいんだわ」

「猫のためにはそのほうがいいかもしれないけど、そうすると俺たちは干上がっちゃうぞ。ここ一カ月、仕事らしい仕事がなかったんだから」

「あっ、そうか」

夏実が体を起こした。

峡平はホッとしたような、だがちょっぴり残念でもあるような、複雑な気持ちだ。

「とすると、早く猫ちゃんを見つけ出さないといけないですね。あのオバサン、猫のためなら金に糸目をつけないって感じでしたものね」

「そうそう。夏実ちゃんの今月の給料のためにも、頑張ってくれよ」

「わかりました——じゃあ、お先に失礼します」

ぴょこんとお辞儀をすると、夏実はバッグを持って事務所を出て行った。

峡平は複雑な気持ちを抱えたまま、階段を駆け下りるリズミカルな足音に耳を傾けた。

「まるでゴムまりみたいな足音だ。……若いんだな」

夏実は先月、二十三歳の誕生日を迎えたばかりである。その日峡平は、大塚ともども夏実を家に呼び、お誕生日おめでとうパーティを開いた。菜々子《ななこ》が夏実の誕生日を覚えていて、「夏実さんをビックリさせてやろうよ」と言い出したのだ。

夏実は驚いたり喜んだりだった。「カンゲキ！　こんなふうにお祝いしてもらったの、小学生のとき以来だわ」と、目に涙までためて峡平たちを見た。

「夏実ちゃん、ひょっとしたら峡さんに気があるんじゃないかね」

大塚吉造がそんなことを言ったのは、菜々子が「ママのビデオを見てもらうの」と言って、夏実を自分の部屋に引っ張っていったあとである。

「え？」

「いや、〝ひょっとしたら〟じゃないね。あの娘は間違いなく峡さんに気があるね」

大塚は自信たっぷりだった。

「あたしは、あの娘が峡さんの事務所にきたときから、そうじゃないかと思ってたんだ。峡さんのそばにいたかったんだよ」

「大塚さん、それは違いますよ。彼女はどうしても探偵になりたくて、見習いでもいいから僕の事務所で働かせてほしいと……」

「そうでも言わないと、峡さんが置いてくれそうもなかったからさ」

大塚がニヤニヤ笑った。

「どうだい、峡さん」

「どうだいって、何がどうなんですか」

「白《しら》ばっくれなさんな。夏実ちゃんはいい娘さんだよ。明るいし、元気がいいし、あのとおりのグラマーだし、何より菜々ちゃんがなついてるじゃないか」

「それは……」

「そうなったあかつきには、仲人ぐらい引き受けるからさ。——夏実ちゃんの気が変わらないうちに、早いとこナントカしちゃいなさい、とは何たることか！　思わず言い返そうとしたときに菜々子たちが戻ってきて、話はそれきりになった。——あの日以来、峡平は夏実の態度やちょっとした言葉づかいまでが、気になってしかたがない。

いくら大塚が保証してくれても、若さがはちきれるような夏実が、十一も年上で、景気の悪い探偵事務所の所長で、しかも菜々子というコブまでついた峡平に気があるとは信じられないが、……だがしかし、もしかしたら、と思うときもあった。

たとえばさっきだ。峡平がどぎまぎしたのは、けっして夏実の胸の谷間のせいばかりではなかった。

机に両手をついて峡平の顔を覗き込んだ夏実の目に、ちらっとだが、誘うような、訴えるような色が浮かんだからだ。

「大塚さんの言うように、夏実ちゃんはたしかにいい娘だけど……」

だからと言って、ナントカしちゃうわけにはいかない、と峡平は思う。夏実をそういう意味で好きにはなれないからである。

峡平の心の中には波瑠子《はるこ》がいた。菜々子の母親、そして峡平がただ一人愛した女——波瑠子は死んだ。だが、峡平の心の中では生きていた。死んだという実感がないのだ。それは波瑠子の死に顔を見ていないせいかもしれなかった。

優秀なスタント・ウーマンだった波瑠子は、三年前、イタリアのロケ先で事故に遭って死んだ。火事のシーンで、燃えているセットから脱出し損なったのだ。遺体は損傷が激しかった。峡平は、葬儀社の人間に「見ないほうが」と制止されたのを振り切って棺を開けた。中には黒焦げの人形のようなものがあった。あれを波瑠子だというのか……波瑠子だと、信じろというのか。

言いようもない怒りがぶり返してきて、峡平は唇を噛んだ。静かな事務所に、エアコンのぶーんという音が低く響いた。

二

峡平がふたたび顔を上げたときには、時計の針は十時を指していた。してみると、一時間近くもぼんやりしていたことになる。菜々子が眠る前に帰ろうと思っていたのに、この分ではとても帰れそうにない。

「おい、峡平。菜々子がいるのに、こんな弱気じゃダメだぞ」

自分で自分の頭をどやしつけると、峡平は夏実が作ったポスターを丸め、事務所の照明を消して外へ出た。外はムッと暑い。梅雨が明けてから毎晩こんな感じだ。

近くのコンビニで三十枚ほどコピーを取り、ついでに画鋲とガムテープも買って、金谷トモ子のマンションの方角に向かう。

マンションはアーケードの中ほどを右に折れた、公園の脇にある。

アーケードに入ると、さらにムッとしてきた。昼間の熱がこもっているのだ。明日はゴミの日なので、どの店もシャッターの前にゴミバケツを出している。袋のままで出しておくとノラ猫が寄ってきてゴミを漁《あさ》るので、商店会でポリバケツに入れて置くことに決めたのだ。

おかげでゴミのそばには猫はいない。衛生上、美観上はまことに結構であるが、迷い猫を探している今の峡平には、少々残念なことでもある。

金谷トモ子のマンションに行く角の電信柱に、一枚目のポスターを貼った。二枚目は公園の入口の掲示板に貼った。

この公園は、町中にしてはなかなかよい公園である。奥にはネットを張った運動場があるし、手前の広場には小さいながら噴水もある。

この噴水が、夜になると猫の溜り場になるのを思い出して、峡平は公園の中に入った。案の定いる。七、八匹の猫が、噴水のまわりの石畳に寝そべったり、首を伸ばして池の水を舐《な》めたりしている。

中にトラ猫が一匹いた。写真のゴンよりだいぶ痩せているが、家出して四日目ともなると、ゴンだってこれくらいスマートになっているかもしれない。

「ゴン、ゴン……」

峡平は舌を鳴らしながら、どでんと寝そべっているそのトラ猫に近づいた。三メートルほどの距離まで近づいても、猫は動きもしない。ほかの猫ともども、峡平をまるで無視してかかっている。何匹かが面倒くさそうな顔をして峡平を見ただけである。

これ以上近づくといっせいにパッと逃げ出すのはわかりきっていたので、峡平はその場にしゃがんでトラ猫を観察した。トラ猫の顔は、金谷トモ子から預かった写真に似ているようでもあり、似ていないようでもあった。峡平は猫の顔を見分けるのが苦手なのだ。

そのとき、トラ猫がのっそりと立ち上がった。背中を反らしてぐうっと伸びをすると、「よく寝たわい」という顔つきで池のふちに歩いて行く。ゴンが去勢手術を受けていたのを思い出した峡平は、とっさにその場に腹這いになった。

上目遣いでトラ猫の股倉を覗き込む。つくべきものはちゃんとついていた。とすると、このトラ猫はゴンではない。

「ちぇっ」

峡平は立ち上がった。手についた砂を払っていると、みじめさとやるせなさが同時に襲ってきた。いじめっ子探しや浮気調査ならまだいい。地面に這いつくばって猫の股倉を覗き込むのが探偵の仕事だとは、とても思えない。世間はまだまだ探偵という職業を理解していない。探偵は、便利屋でも苦情処理屋でもない。

「この仕事は断わろう」

金谷トモ子には、明日にでも連絡を取って手付金を返す。文句を言うようならこっちから違約金を払ってもいいと思った。峡平はポスターの束をクズ籠に突っ込んだ。気持ちがスカッとした。

「佐倉峡平探偵事務所は、これからは人間相手の仕事しか引き受けないからな。いくら金を積まれても引き受けないからな」

掲示板にさっき貼ったポスターを剝がし、それもクズ籠に放り込んで、意気揚々と公園を引き揚げる。

アーケードの角まで戻って、電信柱に貼ったポスターも剝がした。今から戻れば、菜々子はまだ起きているかもしれないと思った。向こうから歩いてきた男が、峡平に向かって「おう」と手を挙げたのはそのときだ。

「峡平、久しぶりだな」

そう言って笑った男は、一目で元ボクサーとわかる顔をしていた。打たれて鼻筋が曲がり、左の目尻には縫ったあとがある。耳にも肉の盛り上がった裂け目があった。

「藤原……藤原じゃないか！」

「覚えててくれたか」

「当たり前だろう。お前の顔を忘れるわけがないよ」

駆け寄って、お互いの肩を叩き合う。

「何年ぶりかな」

「十年……いや十二年ぶりだ。最後に会ったのは、お前が病院に見舞いにきてくれたときだから」

「どうしてたんだ。あれきり行方がわからなくなっちまって、俺もジムの会長もずいぶん心配したんだぞ」

「ごめんごめん。ま、いろいろあってな」

藤原が照れくさそうに頭をかいた。

「しかし峡平は変わらないな。体重も増えてないみたいだし。——俺なんか見てくれよ、この腹を」

藤原が自分の腹をさすって見せる。たしかに藤原は太った。だが、優しそうな細い目は、昔とちっとも変わっていなかった。あんなことがあったのに、藤原は峡平を、初めて会ったときと変わらない優しい目で見ていた。峡平の胸の奥がずきっと痛んだ。つらいが、同時にしみじみとうれしい痛みでもあった。

「それより、よく俺の居場所がわかったな」

「ジムに電話して聞いたんだよ」

藤原が言った。

「会長はいなかったけど、たまたま電話に出たのが北白川っていう若いボクサーでさ」

「北白川か。あいつは俺がトレーナーでついていた男だ」

「そうだってな。やつは俺の名前も知ってたよ。〝藤原さんて、もしかしたらスナイパー藤原さんですか？〟だと。どうせお前が言って聞かせたんだろうが、ちょいと照れたぜ」

藤原の細い目がさらに細くなった。

「で、お前が二年前にトレーナーを辞めて、西町の駅前で探偵事務所を開いているって教えてくれた。——お前に会ったら、よろしくと伝えてくれとさ」

「そうか」

電話に出たのが北白川でよかった、と思った。ほかの人間なら用心して教えないか、あるいは峡平のことすら知らなかったかもしれない。

「駅からお前の事務所に電話したら誰も出なかったんで、自宅にかけてみたんだ。そうしたら女の子が出てきて……あの子、お前の子供か？　結婚したって話は聞いてないのに、子供が出てきたんでビックリしたよ」

「まあな。俺のほうも、いろいろあったんだよ」

してみると北白川は、波瑠子のことは言わなかったらしい。峡平の言葉に、藤原は「そうか」とうなずいただけだった。

「それにしてもあの子、電話の応対がずいぶんしっかりしてたぞ。〝事務所にいないんなら、たぶん西町商店街に張込みに行ってるんだと思います。十一時ごろには帰ってきますけど、お急ぎなら商店街に行ってみてください〟って。——会えなきゃまた出直そうと思ってとりあえずきてみたんだが、会えてよかったよ」

「俺もだ。——なあ。よかったら、これからうちへこないか。積もる話もあるしさ」

腕をかけた峡平に、藤原が首を振った。

「今夜は遠慮しとくよ」

「そんなこと言うなよ。せっかくきてくれたんだから」

「悪いな。今度ゆっくり遊びに行くからさ」

そう言うと、藤原がニヤッと笑って拳を握った。右の拳をアゴの前に置き、左の拳を目の高さに置く。

「それより峡平。こっちのほうは、たまにはやってるのか」

「藤原。そんな構えじゃ、また俺の右フックをもらって入院しちゃうぞ」

「おいおい。入院だけは勘弁してくれよ」

藤原が、構えていた左右の拳を開いて前に差し出してきた。峡平は藤原の開いた手を狙って、軽く左のジャブと右のストレートを打った。

「相変わらずいいパンチだな」

「さあ、藤原も打ってこいや」

今度は峡平が左右の拳をひろげると、藤原がその手を打ってきた。スピードは落ちているが、正確な、パワーのある打ち方だった。

「さすがだな」

西町商店街のアーケードが、なつかしいジムのリングに変わった。汗のにおい。一本だけ切れかかった蛍光灯の、ぶるぶるふるえる光。口の中に広がる、鉄を舐めたような血の味……。

「行くぞ」

峡平はすかさず拳を握った。

「ようし、どっからでもかかってこい」

藤原がボクシングポーズをとったとたんに、

「峡さんに何するんだよ！」

菜々子の叫びが聞こえ、それより早くうす茶色の大きな犬が峡平と藤原のあいだに飛び込んできた。

ボレロだ。峡平はボレロに抱きついて背中を押さえた。押さえられたボレロはせっせと尻尾を振りながら、顔は藤原のほうへ向けて「ウウ……」と牙をむき出している。ということは、菜々子が「かかれ！」と命令したに違いない。

「何だ、この犬は」

藤原が気味悪そうな顔でボレロと峡平を見比べた。

「すまん、すまん」

峡平はボレロの首輪を取ると、叫び声がした方角へ顔を向けた。菜々子が、バーバー桜井の渦巻き看板の陰に隠れてこっちを見ていた。

「菜々公、ちょっとこい！」

峡平が怖い顔で呼ぶと、菜々子はおずおずとそばへ寄ってきた。

「菜々公は約束を破ったな。峡さんの許可がないかぎり、ボレロをけしかけないって言ったろ」

「でも……」

菜々子が油断のない目つきで藤原を見た。

「約束には〝でも〟はないんだ」

「だけど……」

「〝だけど〟もないぞ」

「わかってるよ。だけど、そのおじちゃんが峡さんのこと殴ろうとしてたから……だから……」

「峡平、もういいよ」

藤原が笑いながら割って入った。

「君がさっきの電話の子か。俺たちはケンカをしてたわけじゃないんだよ。おじさんと峡平は……いや峡さんは、ずうっと昔からの友達なんだ」

「えーっ、そうだったんだ」

菜々子が目を丸くした。

「そうさ。昔一緒にボクシングをしてたんで、今もその真似ごとをしてたんだよ」

峡平が付け加えると、菜々子は「しまった」という顔つきで峡平を見上げた。

「菜々は、峡さんがやられたらたいへんだと思ったんだ。——このおじさん、峡さんよりずっと強そうに見えたんだもん」

「あはは、強そうに見えたか」

藤原が菜々子の頭に手を置いた。

「じっさい強いんだ。——おじさんは藤原って言うんだよ。よろしくな」

そう言うと、藤原は何とも言えない表情で峡平を見た。

「峡平、この子やさしいな。お前にこんないい子がいて、安心したぞ」

「藤原……」

「じゃあな。今日はお前の顔が見られてうれしかったよ」

ひょいと手を上げると、藤原が駅のほうへ歩き出した。

「おじちゃん、ごめんね。今度遊びにきてね」

菜々子が大きな声で叫んだ。藤原は振り向くと、「行くよ。——峡平をよろしくな」と言った。峡平は菜々子と手をつないで藤原の後ろ姿を見送った。藤原はときどき振り向いては手を振り、やがて見えなくなった。二人は手をつないだまま、マンションに向かって歩き出した。

「峡さん。あのおじちゃん、いいおじちゃんだったね」

菜々子が言った。

「うん。すごくいい奴なんだ」

峡平は答えた。

「それより菜々公、こんな時間にどうして出てきたんだ」

「ちょっとね……淋しくなっちゃったんだ」

菜々子がぶっきらぼうに言う。

「そうか」

峡平はつないだ手に力を入れた。

「悪かったな。でも、明日の晩からはうちにいられるよ」

「えっ、どうして」

「猫探しを断わることにしたからさ」

とたんに、前を歩いていたボレロの耳がピクッと動いた。ボレロは「猫」という言葉が大キライなのだ。もちろん、猫そのものはもっとキライだ。

「でも峡さん、今は猫探しのお仕事しかないんでしょ。そのお仕事をやめちゃうと、お仕事がなくなっちゃうんでしょ」

「菜々公は、よけいな心配はしなくていいんだよ」

峡平はボレロのぺたんと寝た耳を指さした。

「ほら、見ろ。ボレロも猫探しなんかやめたほうがいいって言ってるぞ」

「ボレロは真面目じゃないんだよ。――峡さん、本当に猫探しやめちゃうの？　やめても夏実さんのお給料払えるの？」

「よけいな心配はするなって言ったろ」

菜々子の頭をおさえてグリグリした。

菜々子は「痛いよ」と笑って峡平の手をすり抜け、ボレロと一緒にアーケードをぴょんぴょんとび跳ねて行った。

「……そうか。あの藤原君が訪ねてきたのか」

大塚吉造がしみじみとした声で言った。

「あれからずいぶんになるなあ。九年か、十年か」

「十二年です」

「十二年か。ついこないだのような気がしてたが、もうそんなになるんだなあ」

三

一夜明けた昼休み、大塚と夏実と峡平は、いつものように大塚不動産二階の探偵事務所で昼飯を食っていた。

暑い日がつづいているので、今日の昼飯は鰻重である。ほか弁の鰻重だから味はたいしたことないが、ウナギはウナギ、食うそばからエネルギーが全身に行き渡る感じである。

「十二年って言うと、所長が大学を卒業した頃ですよね」

夏実が顔を上げた。ウナギ効果か、それとも若さのせいか、顔がつやつやしている。

「その藤原さんて、大学時代のお友達ですか」

「うん、彼と峡さんは大学のボクシング部で一緒でね。峡さんのよきライバルだったんだ」

——そう、藤原はよきライバルだった。初めて会ったときから、すぐにお互いの力を認め合った。

峡平は藤原がいたから強くなれたのだし、藤原にしても同じことだった。どんなに激しく打ち合っても、リングを下りれば二人は無二《むに》の親友だった。

どこへ行くにも一緒だった。夢も一緒だった。プロ・ボクサーになって、ジュニア・ライト級の世界チャンピオンになる――それが二人の夢だった。

「二人とも、プロになるという最初の夢は叶《かな》った。もっとも、ジムは別々だったがね」

大塚が峡平の顔色をうかがいながら言った。これ以上夏実にしゃべってもいいのかと、問いかけているような目つきだった。

「そうなんだ」

峡平は夏実に笑いかけた。

「で、プロになって、二人とも世界ランキングに入ったんだ。そして対戦することになったんだよ。俺と藤原が――」

お互い手の内は知り尽くしていた。親友だからこそ負けられないという気持ちもあった。試合は第一ラウンドから激しい打ち合いになった。プロとして初めての対戦――この試合だけは落とすわけには行かなかった。峡平は無我夢中でパンチを繰り出し、無我夢中で藤原のパンチを受けた。

おそらく藤原も同じ気持ちだったと思う。第六ラウンド終了を告げるゴングを、無我夢中の二人は聞き洩らした。ゴングが鳴り、そのすぐあとで放った峡平のパンチが、藤原のこめかみに当たった。ゴングの余韻と観客の絶叫の中、藤原はリングに沈み込んだ。

「打ちどころが悪かったんだろうな。藤原はそのまんま病院に運ばれて……」

二人が親友だったというので、〝友情の悲劇〟の見出しで記事を載せたスポーツ新聞もあった。新米プロ・ボクサーとしては、記事に取り上げられること自体破格といってよかったが、峡平はその記事を書いた記者を殺してやりたかった。ボクサーになんかならなければよかったと思った。藤原の病室に何時間も座って、意識のない藤原の寝顔に詫びた。

「でも、藤原さんは快復したんでしょ。昨日だって所長を訪ねていらしたんだから」

夏実が慰めるように言った。

「うん。だけど、あいつのボクサー生命はそれで終わってしまったんだ。――それだけじゃない。その後も長いこと後遺症に苦しんで、職につくこともできなかったんだよ」

「あの頃は、峡さんはほんとに参っていたなあ」

大塚が言った。

「でも夏実ちゃん、二人はやっぱり親友だったんだよ。藤原君は意識を回復すると、峡さんに〝ボクシングをやめるな〟って言ったんだ。〝俺の分まで頑張ってくれ〟って。――峡さんはその言葉で立ち直って、三年後には世界ジュニア・ライト級の第八位まで行ったんだよ」

「すごい！　所長って、そんなにボクシングが強かったんですね」

夏実がうっとりと峡平を見る。尊敬のまなざしと言うには、少々うっとりしすぎているようでもある。

「俺は運がよかっただけさ。あんなことにならなければ、藤原はもっと上まで行ってたと思うよ」

峡平は言った。本当に、今でも心底そう思っているのだ。

退院した藤原は、後遺症で働けないため、実家のある名古屋へ帰った。峡平は折りにふれて電話を入れたが、実家の人は峡平からの電話をこころよく思わなかった。峡平だとわかるとガチャンと切ってしまうこともあった。大事な息子をあんな目に遭わせたのだから、当然のことだった。

しかたなく峡平は手紙を書いた。何回か返事はきたが、文面から、藤原が峡平の手紙をすべて読んでいるわけではないことがわかった。手紙まで家族の手で破かれていたのだ。

峡平はそれでも手紙を書き続けた。返事がこなくても気にしなかった。しばらくして、大学時代の友人から、藤原が実家を出たことを教えられた。その友人も、藤原の行方は知らなかった。

「藤原はたぶん、俺から手紙がこなくなったと思ったんじゃないかな。俺が藤原のことを忘れたと……。大学時代のボクシング部の監督にお願いして、実家に問い合わせてもらったんだけど、居どころはわからなかった。あいつは、家族ともあんまりうまくいってなかったようなんだ」

「過ぎたことはいいじゃないか」

大塚が口をはさんだ。

「とにかく藤原君は、峡さんに会いにきたんだ。しかも元気で」

「ええ。体は元気そうでした」

「仕事は？　今、何をしているんだね」

「立ち話だったので、そこまでは聞けなかったんです。今度ゆっくり遊びにくるって言ってました」

「そうか。そのときはあたしも会いたいな」

「あたしも！」

　夏実が叫んだ。

「あたし藤原さんに会って、所長のボクサー時代の話が聞きたいんです。昔の所長ってどんな人だったのか、すっごく知りたいんです」

　熱っぽくしゃべりつづける夏実の横から、大塚が意味ありげな視線を送ってくる。峡平は気がつかないふりをして、ウナギの最後の切れっ端を口に放り込んだ。

「ねえ所長。大塚さんが会えてあたしが会えないなんて、そんなことありませんよね？」

「その前に、冷蔵庫から麦茶を取ってきてくれないかな」

「取ってきたら会わせてくれます？」

「わかったよ、会わせるよ。ただし、藤原がウンと言ったらな。あいつ、女性に対してはけっこう人見知りするんだ」

「そうだったな」

　大塚が、もう我慢できないといった顔つきでニヤニヤ笑った。

「ほら、大学時代に峡さんと藤原君が二人でうちに遊びにきたことがあったろ。ちょうどあたしの姪《めい》っ子《こ》が九州から出てきてさ」

「ああ。たしか早百合さんとか言った」

「そうそう。それで四人で焼肉を食いに行ったんだが、藤原君はアガっちゃって、ほとんど肉が食えなかったじゃないか」

「それだけじゃないんです。あいつ、寮に帰ってから下痢になっちゃったんですよ。若い女性と一緒に食事をすると、いつもあとで下痢するんだって」

「わあ、うぶゥ」

夏実が声を上げた。

「あたし、藤原さんにますます会いたくなっちゃった」

「会うのはいいけど、夏実ちゃんがそのTシャツを着て行ったら藤原君は下痢じゃ済まないよ。峡さんのパンチ以上の衝撃で、今度こそ再起不能になっちゃうかもしれないぞ」

「キャッ、大塚さんたらもう！」

夏実が腰を浮かせて大塚をぶつ真似をする。それが合図のように電話が鳴った。

夏実はすぐさま向きを変えると、間髪を入れず受話器を取った。

「ハイ、佐倉峡平探偵事務所でございます！」

はきはきした声が事務所に響く。大塚は「やれやれ、助かったよ」と小声で言うと、またも意味ありげな視線で峡平を見た。

「ハイ、ちょっとお待ちください。――所長、西町署の鍛冶木《かじき》刑事からです」

夏実が受話器を押さえて峡平を呼んだ。峡平は「やれやれ、助かったよ」と言いたい気分で大塚の視線から逃げ出し、夏実から受話器を受け取った。

「――峡さんかね」

「そうです。どうもご無沙汰しています」

「悪いが、今から時間は取れるかね」

鍛冶木刑事が言った。いつものののんびりした口調だが、どこかが違う。こちらの都合を訊きながら、有無を言わせぬ、というところがある。

「取れますが。――何かあったんですか」

峡平は思わず声をひそめた。一拍置いて、受話器から鍛冶木刑事の重々しい声が流れてきた。

「殺しだ。ガイシャは三十代半ばと思われる男性。身元はまだわからないが、上着の内ポケットのネームに〝藤原〟と書いてあった……その内ポケットに、あんたの住所と電話番号が入っていたんだよ」

四

西町署地下の遺体安置所で、峡平はもの言わぬ藤原と再会した。

「間違いありません。藤原浩次……私の親友です。昨日の晩、会ったばかりです」

「現住所は？　家族は？　職業は何をしているんだね」

「知りません」

「知らない？　あんたは親友で、しかも昨日会ったばかりなんだろ」

「十二年ぶりだったんです。ふいに訪ねてきて……。うちへ寄れって言ったんですが、日を改めてまたくるって言って……ボレロが割り込んできたんで、住所を聞きそびれてしまったんです」

「要領を得んな。親友だと言ったそばから、会うのは十二年ぶりだと言う」

峡平に対する鍛冶木刑事の態度は、いつもとはまるで違っていた。辣腕《らつわん》刑事が重要参考人を取り調べるそれだった。

「まあ、十二年ぶりに会った親友がその翌日に殺されたってことになりゃ、あんたのその支離滅裂ぶりもわからんじゃないがね」

遺体安置所を出た峡平は、三階の取調べ室に連れて行かれた。入るとき、「悪いね、ほかに空いてる部屋がないもんだから」と言われたが、そうでないことぐらいは峡平にも察しがついた。

「昨日のことを、最初からちゃんと説明してくれないか」

鍛冶木刑事に言われて、峡平は順を追って昨日の出来事を話した。

迷い猫のポスターを貼りに出たこと……帰り道で藤原に会ったこと……藤原は峡平の自宅に電話をかけて、菜々子から峡平がアーケード商店街にいると聞いたこと……。

「ふん。それで内ポケットにあんたの住所と電話番号が入ってたっていうわけか」

鍛冶木刑事が言った。

「藤原は駅の方角へ帰ったって言ってたな。あんたはそれからどうしたんだ」

「菜々子と一緒に家に帰りました」

「時間は？」

「家に着いたのは十一時半ごろだと思います。テレビをつけたら、プロ野球ニュースをやっていましたから」

鍛冶木刑事は、藤原がどんな手段で殺されたかも言わない。いつ、どこで発見されたのか、誰かから通報があったのか、警察が駆け付けたときにまだ息があったのか、それともすでに死んでいたのか――そういうことも一切言わない。

当然であった。峡平はもしかしたら生きている藤原と最後に会った人間で、ということは、もしかしたら藤原を殺した人間であるかもしれないのだった。

「お話ししておいたほうがいいと思うことがあります」

峡平は鍛冶木刑事の顔をまっすぐに見た。

「調べればすぐにわかることですが、私は昔、藤原の人生を台無しにしているんです」

「ほう」

鍛冶木が目を細めた。

「私がプロ・ボクサーだったことはご存じですよね」

「うん。世界ジュニア・ライト級八位だろ」

「藤原もプロ・ボクサーでした。大学のボクシング部からの親友で……」

ついさっき夏実に話したのと同じ話をした。峡平が話し終わると、鍛冶木刑事は「わかった」と言って部屋を出て行った。一人になった峡平は、立ち上がってこめかみを揉んだ。藤原を失った悲しみが、ゆっくりと込み上げてきた。

「ちきしょう。引っぱってでも、あいつをうちへ連れてくるんだった」

そうすれば、藤原はむざむざと殺されるようなことはなかったろう。俺はあいつを二度殺したようなものだ、と峡平は思った。一度はあいつの未来を殺した。そして二度目は、あいつの生命を見殺しにした。凶器は拳銃だろうか、あるいは刃物か。西町署に死体があるからには、殺されたのはこの署の管内だ。

取調べ室のドアが開いて、松崎巡査が顔をのぞかせた。この松崎も、峡平とは顔見知りだ。

「佐倉さん、どうもご苦労さんです。鍛冶木刑事が、あと一時間ほど待っていただけないかって言ってるんですけど、どうでしょうか」

「いいですよ」

「この部屋は窓もないから退屈でしょ。何だったら、下の署員休憩室にきませんか。あっちならテレビもあるし」

松崎は、どうやら詳しい事情を知らないらしい。

「いや、ここで結構です」

「じゃあ、雑誌かなんか持ってきましょう」

松崎が引っ込み、じきに週刊誌を二、三冊と缶入りのコーヒーを差し入れてくれた。峡平は礼を言ってドアを閉めた。——三時間後、ようやく鍛冶木刑事が戻ってきた。

「いやあ、待たせてすまん」

どさりと椅子に腰かけた鍛冶木は、何とも言えずばつの悪そうな顔をしている。

「とんでもない」

「おいおい、峡さん、そんなに拗《す》ねなくてもいいだろう」

「拗ねてなんかいませんよ」

「勘弁してくれよ。俺にだって、立場ってものがあるんだからさ」

鍛冶木は手を擦り合わせせんばかりである。

「わかってますよ」

峡平は笑いながら言った。三時間一人になったおかげで、気持ちは落ち着いていた。

「そう言ってくれると助かる」

「で、僕の証言のウラは取れましたか」

「おいおい。ちっとも勘弁してくれてないじゃないか」

苦笑いした鍛冶木は、しかし、峡平の言葉を否定しなかった。鍛冶木のこういうところが、峡平には信用できるのだ。

「藤原の死因と、発見されたときの状況を教えてもらえませんか」

ずばりと訊ねた。

「遺体安置所で気がつかなかったかね？」

鍛冶木が真面目な顔になった。

「見たのは顔だけでした。頭部には傷は見当りませんでしたが」

「頭部以外にも見当らんのだよ」

「えっ」

「解剖してみないと正確なことは言えんのだが、検視の医師はおそらく一酸化炭素中毒だろうと言っている。皮膚がやけにピンク色なんだ」

「そう言えば、顔色も赤かったですね。——しかし、一酸化炭素中毒なら事故死じゃないですか。どうして殺人事件になるんですか」

「ホトケさんの見つかった場所が、とても一酸化炭素中毒になりそうもない場所だったからさ」

鍛冶木が言った。

「ホトケさんは屋外で見つかったんだ。西町商店街の脇にある、第二みどり公園だ」

「何ですって！」

「そこまでなら、たんなる死体遺棄事件とも考えられるのだが……おかしなことはほかにもある」

そう言うと、鍛冶木は背広の内ポケットを探って茶封筒を取り出した。

「死体のそばに、大きなノラ猫がいたんだ。みゃあみゃあ鳴きながら、しきりに死体に体をこすりつけていた。——ちょっと、これを見てくれ」

鍛冶木が茶封筒から抜き取った写真を峡平の前にすべらせてきた。峡平は軽く合掌すると、写真を手に取って見た。死体は公衆便所とおぼしき建物と塀の隙間に、窮屈そうに俯せになっていた。左手が頭上に伸びて、拳のかたちを握っていた。峡平の視線が、その拳に釘づけになった。この拳が昨日、峡平と打ち合ったのだ。——いや、昨日だけではない。峡平は何千回も、何万回も、この拳と打ち合いをしてきたのだ……。

「右上の、隅っこだ」

鍛冶木刑事が身を乗り出してきた。

「写真班がフラッシュを焚《た》いたんで、猫が逃げ出してな。ほら、ここだ。胴体がちょっぴりしか写ってないんだが、猫であることはわかるだろ」

鍛冶木の指が、藤原の拳と反対側の隅を押さえた。写真の角を、斜めに切り取るように写っているのは、黄色ととび色の縞模様だった。

「これは……トラ猫じゃないですか！」

「それぐらい俺にもわかるよ」

鍛冶木が笑った。

「峡さんに聞きたいのは、猫の毛色のことじゃないんだ。何でこの猫が死体のそばにいたかってことだ」

「そんなこと、猫に聞いてみなければわかりませんよ」

「聞きたいのは山々だが、そのお猫様は雲を霞と逃げちまったからさ。家出猫のオーソリティの峡さんなら、猫心理にも詳しいと思うんだが」

鍛冶木は、猫という猫と金輪際《こんりんざい》縁を切りたい峡平の気持ちなど、どこ吹く風である。

「じつはさっき、夏実ちゃんに電話してね。あんたが猫探しをしていたって話を詳しく教えてもらったんだ。あんたが探してたのは、この写真と同じトラ猫だっていうじゃないか。しかも猫探しの依頼主は、この公園の脇のマンションに住んでいるときた。夏実ちゃんからそれを聞いて、俺はちょいと驚いたね」

「鍛冶木さん。夏実ちゃんから聞いたなんて、無理に言わなくてもいいですよ。どうせ公園のクズ籠から、迷い猫のポスター見つけたんでしょ。写真入りのね」

「ご名答。さすが名探偵さんだ」

「からかうのはよしてください。私はあの仕事は断わることに決めたんです。佐倉峡平探偵事務所は今後一切、猫とは関わりを持ちません」

峡平は、鍛冶木が言った「家出猫のオーソリティ」という言葉に、いたくプライドを傷つけられている。鍛冶木から電話を受けて、金谷トモ子のことをぺらぺらしゃべってしまった夏実にも腹を立てている。

猫探しは断わることに決めたとは言え、金谷トモ子にはまだその旨を連絡していない。連絡していないうちは、金谷トモ子はまだ佐倉峡平探偵事務所のクライアントなのである。依頼主の秘密は死んでも厳守——これが探偵商売の要諦だ。それすら守れないのなら、探偵になんぞなれっこないのだ。

「峡さん、そうプリプリするなって。夏実ちゃんをだまくらかして口を割らせたのは、この俺なんだから」

鍛冶木がニヤニヤ笑った。

「まあ、俺の話を聞いてくれ。俺がトラ猫にこだわるのには理由があるんだ。ホトケさんはどこか別の場所から、第二みどり公園まで運ばれてきた。あの公園はちょっと奥まってるし、前の道路も一方通行だ。土地カンのある奴でないと、なかなか気がつかない場所なんだよ」

「それがどうしたんです」

「死体をあそこまで運んできた奴は、この辺に土地カンがあるってことさ」

「あの辺に土地カンのある人間は一万人ぐらいいますよ」

「しかし、あの公園の近所に住んでる人間となると、せいぜい三百人ぐらいだぜ」

「あの公園の近所にいるノラ猫は五十四ぐらいです。そのうちの二割がトラ猫です。現に昨日の晩も、あの公園でトラ猫を見かけました。間違いなく、金谷トモ子の飼い猫とは違う猫でした」

「峡さんは、やけに依頼主をかばうねえ」

「鍛冶木さんの言ってることがメチャクチャだからですよ。私には、藤原の死とトラ猫が関係があるとは思えません。そんなつまらないことにこだわってるうちに、真犯人がどこかへ逃げてしまうかもしれない」

「そうかもしれんなあ」

「鍛冶木さん、真面目に聞いてください！」

峡平が思わず大声を上げたそのとたん、ドアにノックの音がして、松崎が顔を出した。

「鍛冶木刑事、データが揃いました。これがそうです」

「おっ、ご苦労」

鍛冶木は松崎が差し出した書類封筒を受け取ると、これ見よがしに最敬礼をした。

「峡さん、この書類をちょっと見てみるかい」

「何ですか、それは」

「俺が峡さんに向かって、時間つぶしのゴタクを並べ立てていた原因さ。藤原浩次の戸籍謄本の写しだ——藤原は十年ほど前、ほんの短い間結婚生活を送っていたことがある。相手は戸谷寧子《ともこ》……金谷トモ子の本名だ」

五

「いやあ、今日も暑いね」

鍛冶木刑事が、汗を吹き拭き佐倉峡平探偵事務所に現われたのは、翌日の昼下がりだった。

「夏実ちゃん、どうだい。探偵稼業には慣れたかい」

「いいえ、ぜーんぜん」

いつもなら「いらっしゃい！」と腰を上げる夏実が、今日は鍛冶木のほうを見ようともしない。鍛冶木がニヤニヤしながら峡平に目配せしてきた。

「夏実ちゃん、俺に怒ってるな」

「怒ってなんかいませんよ。所長がとてもお世話になってますもの。昨日だって、西町署の取調べ室に六時間もカンヅメにしていただいて……。どうせなら、ついでに夜も留置場に泊めてくだされればよかったのに」

「ほら、やっぱり怒ってるじゃないか」

夏実が「どうぞ」と言ってくれないので、鍛冶木はソファの上の書類を自分でどけて腰を下ろした。

「昨日はしょうがなかったんだよ。ホトケさんの内ポケットから、峡さんの電話番号を書いたメモが出てきちゃったんだから」

「鍛冶木さん、違うんですよ」

峡平は席を立って鍛冶木の向かいに座った。

「夏実ちゃんが怒ってるのは、僕が事情聴取を受けたことじゃないんですよ。僕の留守に、鍛冶木さんから電話がかかってきて、依頼者の秘密をうまいこと聞き出されちゃったのが頭にきてるんです」

「あはは。あれか」

「笑いごとじゃないわ！　あたし今朝、そのことで所長からすごいお目玉頂戴しちゃったんですよ」

夏実が鍛冶木を睨む。言いたいことを言って、少しは気が晴れたようすである。

「いいよ。夏実ちゃんが佐倉峡平事務所を馘《くび》になったら、俺が何とか面倒を見るからさ。――ところで、藤原の検死解剖の結果が出たよ」

鍛冶木がさりげなく言った。

「えっ、じゃあ」

「やっぱり一酸化炭素中毒だった。車の排気ガスによるＣＯ中毒だそうだ。ただ、ちょっと気になることがある」

「気になるって、何が？　ねえ鍛冶木さん、教えて教えて」

夏実が椅子から飛び上がった。

「もちろんさ。だけど暑くて喉が渇いたな。冷たい麦茶でもサービスしてくれないかな」

「ハイッ」

すぐさま立ち上がると、夏実がすごいスピードで冷蔵庫から麦茶のポットを出す。

「ハイどうぞ。――で、何ですか。〝気になる〟っていうのは」

「その前に、峡さんに確かめておきたいことがあるんだ」

鍛冶木が手帳を出した。

「峡さんが会ったとき、藤原は酒を飲んでいたようだったかい」

「いいえ」

「間違いないね」

「たしかです。酒の匂いはしませんでしたし……私と藤原は、ふざけてボクシングの真似ごとをしたんです。あいつのパンチは正確でした。酒を飲んでいたら、ああは行きません」

「そうか。それならいいんだ」

ゆっくりとうなずくと、鍛冶木は夏実の出した麦茶をうまそうに飲み干した。

「ほう。これはパックを水に放り込んだヤツじゃないな。ヤカンで煮出した、ちゃんとした麦茶だ」

「おいしいだけじゃなくて、経費節減にもなるんですよ」

夏実がニコッと笑った。

「パックの麦茶より、このほうがずっと安いから。藤原さん、お酒を飲んでいたんですか?」

「うん。それと、睡眠薬もね」

「何ですって!」

峡平は思わず声を上げて鍛冶木を見た。

「酒で睡眠薬を流し込んで、車に排気ガスを引き込む――こりゃあ典型的な自殺コースだ。しかも死ぬ前に、十二年会ってなかった親友に会いにきている」

「藤原は自殺なんかするヤツじゃありません」

「わかってるさ」

　鍛冶木がうなずいた。

「じつは、藤原のカラダには痛めつけられたあとがあった。腹だ。あれがあんたのパンチじゃないとすると……」

「やめてくださいよ。俺たちはただ、ふざけてただけです。藤原がピンピンしてたのは、菜々子だって見ています」

「そうカッカするなって。俺が言いたいのは、犯人は藤原を自殺に見せかけたかったのかもしれないってことなんだから」

「でも、おかしいですね」

　夏実が口をはさんだ。

「自殺に見せかけるんなら、死体を車の中に置いたままのほうがいいわけでしょ。なんで公園なんかに移したのかしら」

　鍛冶木が「ほう」という顔で夏実を見た。

「殺した人間と死体を運んだ人間が、別々なのかもしれないよ」

「でなければ、藤原さんは自殺で、誰かがその死体を動かしたとか」

「夏実ちゃん。何度も言うけど、藤原は自殺するような人間じゃないんだよ」

「所長、そういう先入観は持たないほうがいいんじゃないですか。藤原さんには、所長に言えない悩みがあったのかもしれないでしょ」

「俺と藤原はそういう仲じゃないよ」

「十二年も会わなくて、ですか？　それに藤原さん、所長が家に誘ってもついて行かなかったわけだし」

夏実が峡平の目をまっすぐに見て言った。言われてみればたしかにそうだ。しかし、しかし……。

「まあまあ、二人とも」

鍛冶木が割って入った。

「峡さん、落ち着けよ。それから夏実ちゃんも、今の峡さんの気持ちを少し考えてやらなきゃ」

「考えてます！　だけど、おかしいことはやっぱりおかしいと思います」

「俺もだ。夏実ちゃんの言うことには一理ある。正直言って、俺は夏実ちゃんを見直したよ」

「でも鍛冶木さんはさっき、藤原は自殺じゃないと言ったじゃないですか。カラダに痛めつけられたあとがあるって」

峡平は言った。

「痛めつけられたあとで自殺したっていいわけだからな」

鍛冶木がすまして言った。

「鍛冶木さん、いったいどっちなんですか！」

「ほらほら、また大きい声を出して」

からかうように言うと、鍛冶木は真面目な顔に戻って二人を見た。

「結論から言おう。藤原は自殺じゃない。なぜなら、彼は車の運転ができないからだ。なあ峡さん、そうだったよな」

「え……ええ」

「所長が言うのは十二年前でしょ。そのあと免許を取ったかもしれないじゃない」

夏実が未練がましく言った。

「調べたが、運転免許の登録はなかった。つまり藤原は、車には馴染みがないんだ。そういう人間が車を使った自殺をするはずがないからね」

「なあんだ。それを最初に言ってくれればよかったのに」

「言ったら、夏実ちゃんのさっきの名推理は聞けなかったもんな」

鍛冶木が夏実に笑いかけた。

「お世辞じゃなく、夏実ちゃんは探偵としてセンスがあるよ。峡さんはいい助手を雇ったな」

「わっ、うれしい。本物の刑事さんに褒められるなんて、サイコーの気分です」

ニコニコする夏実を見ながら、峡平は複雑な気分だ。鍛冶木に言われるまで、藤原が車の運転をしなかったことを、すっかり忘れていたからだ。俺はやっぱり気が動転している。もう少し冷静にならなければと、自分に言い聞かせる。

「他殺と決まったところで、問題点を整理してみようか。夏実ちゃん、やってみるかい」

鍛冶木はまるで夏実の教育係のようだ。夏実は「ハイッ」と答えて、机からノートと鉛筆を持ってきた。

「思いついた順に言っていいですか」

「いいよ」

「じゃあ第一は、……藤原さんはなぜ殺されたのか」

「動機だね。それから？」

「第二。所長と別れたあと、藤原さんはどこへ行って、何をしたのか。あるいは何をされたのか」

「殺されるまでの足取りか。そいつを調べるのは俺たちの仕事だな」

「第三。これがいちばんわからないんですけど、犯人はなぜあの公園に死体を捨てたんでしょうか」

「藤原の元女房の住んでるマンションの真ん前にね。峡さんはどう思う」

「それは私が聞きたいですね。鍛冶木さんは、金谷トモ子を疑っているんですか？」

「疑っちゃいないが、偶然にしちゃ出来すぎだとは思うね」

鍛冶木は用心深く言うと、「ほかには？」と夏実をせかす。

「ダメです、これからあとはぐちゃぐちゃです」

夏実が悲鳴を上げた。

「藤原さんがとつぜん所長に会いにきた理由……死体のそばにいたトラ猫のこと……藤原さんが、なぜあんな女の人と結婚したのかってこと」

「あんな？」

峡平が顔を上げると、夏実は「だってそうでしょ」と身を乗り出してきた。

「金谷トモ子って、高飛車ですごくおっかないおばさんじゃないですか。それに、年だって藤原さんよりずっと上ですよ。厚化粧で誤魔化してるけど、ぜったい五十を越えてますよ」

「年のことを言うなんて、夏実ちゃんも案外保守的なんだな」

鍛冶木が笑い出した。

「峡さんの話だと、藤原は女性に対しては極端な恥ずかしがり屋だったっていうじゃないか。そういう男は、年上の押しの強い女に弱いものなんだ。なあ、峡さん」

「かもしれませんね」

峡平も笑った。

「イヤだ。それじゃあマザコンじゃないですか」

「マザコンでもファミコンでも、そういうものなんだよ、男ってのは」

慰めるように夏実の肩をたたくと、鍛冶木はふたたび真顔になる。

「今夏実ちゃんがまとめてくれた中では、俺は猫がいちばん気になるな。あんたが言ってたように、この辺にはトラ猫が多いのかもしらんが……現場を見た鑑識の人間が猫好きでね。あの猫がホトケさんの飼猫に見えて、ホロリとしたと言うんだ」

「そう言えば、藤原は猫好きでした」

大学の寮で同室だったとき、藤原は寮監に内緒で子猫を飼ったことがあった。授業のある日は猫を段ボール箱に入れ、押入にしまって行く。だが、いくら子猫とは言え段ボールは窮屈だ。

猫は箱から這いずり出し、押入の中であたりかまわず小便をした。峡平は猫の小便がどんなに臭いものか、初めて知った。

いやはや凄まじい臭いなのだ。「鼻が曲がる」と言うが、毎晩フトンに入るたびに本当に鼻が曲がった。ボクシングで鼻が曲がるのは我慢するが、猫の小便で鼻が曲がるのだけは勘弁してほしかった。

峡平は藤原に抗議を申し込んだ。藤原は峡平を「人間じゃない」「血も涙もないヤツ」と罵ったあと、その猫を外に出した。晴れて自由の身になった子猫は、成長して立派な牝《めす》ドラ猫となり、次から次へ仔《こ》を産んだ。たいていは四匹、多いときには六匹も産んだ。藤原はそいつらを養うため昼飯を抜いて、ボクシングの練習の最中に貧血で倒れたことだってあったのだ。

「へえ。男性にも、そんなに猫好きな人がいるんですね」

夏実があきれ声を出した。

「不思議なもので、猫のほうも藤原が猫好きだってことがわかるらしいんだな。夜、あいつと一緒に歩いていると、よく野良猫にまとわりつかれたっけ」

「峡さんの言いたいことはわかるよ。藤原は、死んでからも猫に好かれたって言いたいんだろ」

鍛冶木が笑いながら立ち上がった。

「さて、そろそろ行かなくちゃならん。何か手がかりがあったらまた知らせるよ」

「ありがとうございます。僕らはこれから、藤原の所属していたジムに行ってみるつもりです」

「千駄ヶ谷の太平洋ジムだったな。うちの刑事も行ってるはずだが、峡さんのほうが話が聞き出せるかもしれないね」

ドアを押しながらそう言うと、鍛冶木は立ち止まって峡平の目をじっと見た。

「峡さん、無理するなよ」

「わかってますよ」

鍛冶木の言葉がうれしかった。しかし、再会の日に親友が殺された口惜《くや》しさは、無理をしてでも晴らさなければならなかった。でなければ、この先自分を許すことができない、と峡平は思った。

六

藤原の所属していた太平洋ジムは、千駄ヶ谷の高架線下にある。

峡平と夏実がジムのドアを開けたのは、午後四時すぎだった。峡平の背中にくっついて中へ入った夏実が、しかめっ面で峡平にささやいた。

「所長、何か臭くありません？」

「汗だよ」

峡平はほほ笑みながらささやき返した。夏実には臭いだけだろうが、峡平には懐かしいにおいだ。一晩に何十リットルとしたたる汗が濃縮発酵したこのにおいは、峡平の青春のにおいでもある。

殺風景な室内では、早めにきた練習生が三、四人、縄跳びをしたり、サンドバッグを叩いたりしていた。その中に、鏡に向かってシャドウ・ボクシングをしている男がいた。華奢《きゃしゃ》な体つきの、少年といっていいような若い男だ。

「夏実ちゃん。彼を見てごらん」

峡平はその男を目で指し示した。

「すばらしく切れのあるパンチだ。フットワークもいい。彼はたいした選手だよ」

「えっ、あの男の子がですか？」

夏実が疑り深そうに言った。

「痩せっぽちで、肩幅が狭くて、ぜんぜん強そうじゃないわ。あたしとケンカしたってぶっ飛んで行っちゃいそう」

「その前に、夏実ちゃんのほうがノックアウトさ。バンタム級か、いやフライ級かな……あれで左フックにもう少しスピードがつけば、タイトルも夢じゃないな」

峡平の目は、いつの間にかトレーナーの目になっている。この選手に欠けているのは何か。どこを伸ばせばもっと強くなるか——つい二年前まで、峡平はそればかりを考えてきた。才能のある選手を育てるのは、リングに上がるのと同じくらい喜びの大きいことだと知った。

と同時に、本当の才能を持つ選手がいかに少ないかも、トレーナーになってみてはじめてわかった。藤原は本物の才能を持った、数少ない選手の一人だった。才能という点では、峡平は藤原の足元にも及ばなかった。

——あのとき、藤原と俺が逆になっていたら……。

トレーナーになってから、峡平はよく考えたものだ。ボクサーとしての峡平は、世界ランキングの第八位まで行った。才能のない峡平がそこまで行けたのは、「藤原の分まで」という思いがあったからだ。もし藤原が峡平の立場だったら、同じ思いをバネにして、藤原は世界チャンピオンになっていただろう。

「おたくたち、練習生の申し込みですか」

声をかけられて、峡平はもの思いから醒《さ》めた。目の前に、古参とおぼしき二十五、六の練習生が立って、若い牡の目でちらちらと夏実を見ていた。

「うちはいちおう名門ジムだからね。あんまり年の行ったおじさんは断わってるんだよ。体力作りなら別のジムに行ってよ」

「いえ。会長の港さんにお目にかかりにきたんですが」

峡平は練習生の言葉をさえぎると、ポケットから名刺を出して渡した。峡平の名刺を見た練習生は、ちょっとひるんだ顔になり、「お待ちください」と言って事務室に走って行った。

「ふん、感じの悪いヤツ」

夏実が練習生の背中に「イーッ」とあかんべをして見せた。

「誰がこんなしけたジムになんか入るもんですか。名門ジムなんてカッコつけちゃって、練習生がたった四人しかいないじゃないの」

「時間が早いんだよ」

峡平は言った。

「ボクサーはたいてい別に仕事を持ってるから、夜にならないとジムにはこないんだ」

「でも、それは練習生の人たちでしょ?」

「プロだって同じさ。ファイト・マネーだけで食って行けるようなボクサーは、日本ではたいして数が多くないんだ」

「へえ。何だか詩人みたい」

夏実が肩をすくめた。

「あたしの知合いに詩を書いている人がいるんですけど、その人が言うには、詩の原稿料だけで生活ができる詩人は、日本じゅうでたった一人しかいないんですって。あとはみーんな別に仕事をしたり、結婚相手に食べさせてもらったりしているんですって」

「詩人とボクサーか。……そう言えば、似てるのかもしれないね。詩人が詩の言葉を繰り出すスリルと、ボクサーがパンチを繰り出すスリルは」

「本業だけじゃ生活できないところもね」

二人して、顔を見合わせて笑ったときだ。

「何がおかしいのかね」

不機嫌な声が、後ろから二人に割り込んできた。振り向くと、五十がらみのがっしりした体格の大男が、憎悪の浮かんだ目で峡平を睨みつけていた。太平洋ジム会長、港丹次郎だ。

「会長。おひさしぶりです」

「貴様か。疫病神《やくびょうがみ》が、うちに何の用だ」

港が手を出してきた。握手ではない。峡平の名刺を突き返そうとしているのだ。

「それは取っておいてください」

峡平は言った。

「藤原が死んだことは、もうご存じだと思います。今日はそのことで、お話をうかがいにきたんです」

「佐倉峡平探偵事務所だと……ボクシングを廃業したら、お次は探偵さんか。他人を犬みたいに嗅ぎ回る商売は、貴様にぴったりだな」

港が峡平の名刺を二つに裂いて靴先で踏みにじった。

「帰れ。貴様に話すことは何もない」

そう言うと、港はきびすを返して事務室に戻ろうとする。峡平の胸に、悲しみと怒りが同時に込み上げてきた。峡平は後ろから港の肩をつかんだ。

「藤原は殺されたんですよ。私は何としてでも犯人を捕まえたいと思ってる。それがあいつにしてやれる、唯一のことなんです」

「貴様があいつにしてやるべきことは、ほかにあったはずだ」

港の肩がふるえた。

「何が〝友情の悲劇〟だ……貴様は汚い野郎だ……貴様はあのとき、藤原を殺してやるべきだったんだ。それがボクサーとしての本当の友情だ」

「そんなひどいこと言わないでください！」

夏実の声が港をさえぎった。

「峡平さんは……所長は、藤原さんのことでずうっと自分を責めつづけていたんです。藤原さんも、所長の気持ちがわかっていたんです。だからこそ、藤原さんは十二年間も所長に会わなかったんだわ。所長が自分を責めるのを見るのが、親友としてつらかったんだわ」

「夏実ちゃん、もういいよ」

峡平は止めたが、そんなことで止まる夏実ではなかった。うなだれた峡平を押し退《の》けるようにして、夏実は港の前に立ちはだかった。

「会長さん、聞いてください。その藤原さんがおととい、十二年ぶりに所長に会いにきたんです。そして、そのあとすぐに殺されてしまったんです。だから所長は……、所長は……」

夏実はぼろぼろ泣いていた。港がゆっくりと振り向いた。

「藤原が貴様に会いに行ったというのは、本当か」

「本当です」

峡平は言った。港はしばらく無言で峡平の顔を睨みつけていたが、やがて小さくため息をついて「そうか」とつぶやいた。

「そうか。あいつは貴様に会いに行ったのか」

「彼女が言ったとおり、十二年ぶりでした。腹に肉はついていましたが、パンチは相変わらずでした」

「何か言っていたか」

「いえ。家にくるように誘ったんですが、夜が遅かったんで、またにすると言って帰って行ったんです。あのとき無理にでもうちに呼ぶべきだったと後悔しています」

「あいつは行かなかっただろうよ」

　港が首を振った。

「貴様は、藤原が実家を出てから何をしていたか、知ってるか。——用心棒だ。歌舞伎町の暴力バーに雇われて、客を脅かす仕事をしていたんだよ」

「まさか。あの藤原がそんなことをするとは、信じられません」

「じゃあ聞くが、あのカラダであいつにできる仕事がほかにあるかね」

「それは……」

「後遺症は貴様の想像以上にひどかったんだ。あいつは落ちぶれた。ボクサーの風上《かざかみ》にも置けない人間になってしまったんだ。貴様のおかげでな」

　憎々しげにそう言うと、港はドアに向かってアゴをしゃくった。

「帰ってくれ。練習生の邪魔をするのはよしてくれ」

　これ以上、港を引き止めることはできなかった。峡平は去って行く港の後ろ姿に会釈すると、涙で目を赤くした夏実に「帰ろう」と言った。

それまで息をひそめてこちらをうかがっていた練習生たちが、二人が歩きだすとあやつり人形のようにいっせいに動き出した。トレーニングをつづけていたのは、鏡の前のあの練習生だけのようだった。峡平はドアを出る前にその練習生に近づいて、「君、名前は」と尋ねた。

「猪飼譲二です。——あんたは朝霧ジムに所属してた佐倉峡平さんでしょ。元ジュニア・ライト級世界八位の」

「君の若さで、そんな昔のことをよく知ってるね」

「知ってますよ。俺は世界ランキング十位以内に入った日本人選手は、全部覚えてるんです」

練習生がニヤリと笑った。

「ただ、もうじき忘れますけどね。俺がフェザー級の世界チャンピオンになったときにね」

七

「へえ。あいつ、そんなデカいこと言ったんですか」

北白川があきれたように舌打ちした。

「ちきしょう。佐倉さんにそこまで言うなんて、ぜったいに許せないぞ。明日の試合でこてんぱんにしてやる」

「よし、その意気その意気」

トレーナーの中村がドンと北白川の肩をたたくと、峡平の横にいる夏実に意味ありげに片目をつぶって見せた。

「どうです夏実さん。うちの北白川は、あんなヒョロヒョロ野郎には負けませんよね」

「大丈夫、ぜったい負けないわよ」

「佐倉さんもそう思うでしょ」

「うん。だけどあの体格じゃ、あっちは減量の心配はなさそうだなあ」

太平洋ジムを出たあと、峡平は思いついて、早稲田にある古巣の朝霧ジムに顔を出したところである。二年ぶりに訪ねた峡平を、朝霧ジムのみんなは大喜びで迎えた。

もっともその歓迎ぶりには、峡平が連れてきた夏実の魅力が多分に影響しているのはたしかだ。

「夏実さん。明日の試合、応援にきてくださいよ」

練習生の木下が言った。

「よかったら佐倉さんもどうですか。最前列の席を空けときますけど」

「おいおい。俺は夏実ちゃんのついでかよ」

峡平が口をとがらせると、

「そういうわけじゃないですけど、そのう……、夏実さんはボクシングを見たことがないって言うから」

あわてて言い訳する木下に、

「やめとけ、やめとけ」

中村が大きく手を振って止めた。

「佐倉さんは、お前の性根《しょうね》はとっくにお見通しさ。ねえ？」

「ふふふ。木下は女性に気が散らなけりゃ、もっと強くなれるんだけどな。北白川みたいにな」

峡平は北白川に笑いかけた。

「しかし、お前が明日、猪飼と試合をするとは知らなかったよ」

「向こうはデビュー戦なんです」

北白川が真顔になった。

「猪飼は太平洋ジムの会長がすごく力を入れているということです。十年に一人……いや、二十年に一人の逸材だって。やつは俺を踏み台にして伸《の》し上《あ》がろうってわけですよ。ふん、そうはさせるもんか」

「藤原浩次があんなことになってから、太平洋ジムは下り坂でしたからね」

口をはさんだ中村が、峡平の顔を見て「あっ」という表情を浮かべた。

「すいません……佐倉さんを傷つけるようなことを言っちゃって」

「いいんだ」

「新聞で読みました。藤原さん、殺されたとか」

「そうなんだ。じつは、俺が今日きたのもそれなんだよ」

峡平は北白川に向き直った。

「大事な試合の前にこんなことを聞いて申し訳ないが、北白川は三日前、藤原の電話を受けたんだって？」

「ええ」

北白川がうなずいた。

「その電話は何時頃かかってきたのかな」

「十時まで練習して、シャワーを浴びて出てきたときだから、夜の十時十五分頃だったと思います。たまたま俺が電話のそばにいて、受話器を取ったんです」

「藤原が何をしゃべったか、できるだけ正確に思い出してくれないか」

「たいしてしゃべらなかったんですよ。朝霧ジムですかって言うから、そうですって答えたら、トレーナーの佐倉峡平を出してくれって言ったんです。佐倉はやめましたって答えると、ちょっと驚いたようで、じゃあ連絡先を教えてくれって。で、探偵事務所の電話番号を教えたんです」

「お前が藤原に〝もしかしたらスナイパー藤原さんですか〟って言ったのはそのときか」

「えっ」

北白川がうろたえたような顔になった。

「怒ってるわけじゃないんだよ。藤原のやつ、うれしそうだったぞ。北白川っていうボクサーが、俺のことを知っていたって」

「そうだったんですか」

峡平の言葉に、北白川は胸を撫で下ろしたようだ。こいつはこれがあるから強くなれないんだよな、と峡平は思った。ボクシングのセンスは悪くないのに、心配性で気が小さい。本番で実力が出せないタイプなのだ。

「正確に言うと、俺がそう言ったのはもっとあとです。藤原さんが、この時間だと事務所にいないかもしれないから、自宅の電話番号も教えてくれと言いました。それでまだ名前を聞いてないことを思い出して、〝どちら様ですか〟って聞いたんです」

「藤原はすぐに名前を言った？」

「言いませんでした。名前を聞かせてくれないと、自宅の電話番号は教えるわけにいかないと言ったら、しぶしぶって感じでやっと言ったんです」

「で、お前は〝スナイパー藤原さんですね〟と言った。やつの反応はどうだった？」

「ビックリしたようでした。俺が〝藤原さんのことは佐倉さんから聞いています〟と言うとやっと安心したみたいで、〝峡平もおしゃべりなやつだなあ〟って笑ってました」

「それから？」

「それで終わりです」

「なんだ。ごくふつうの問い合わせ電話だったんじゃないか」

中村が呆れたように言った。

「佐倉探偵。こんな話が役に立つんですか」

「役に立つかどうかはわからんさ。でも探偵は、どんな話でもきちんと聞いておかないといけないんだ」

峡平は立ち上がった。

「みんな、練習の邪魔をして悪かったな。北白川、話を聞かせてくれてありがとう。明日は頑張れよ。俺も応援に行くから」

「夏実さんもくるんでしょ」

そう言った木下が、間髪を入れず中村に頭を小突かれた。

「バカ。お前の応援にくるわけじゃないぞ」

そのセリフに、みんながどっと笑った。なごやかな笑い声に見送られて、峡平と夏実は朝霧ジムをあとにした。

「驚いた。同じボクシング・ジムなのに、こうも雰囲気が違うものなんですねえ」

外に出た夏実が、峡平を見上げて言う。

「昔はそうでもなかったんだけどな」

峡平はポケットから車のキーを出した。その顔付きで、夏実はすぐに話題を変えたほうがいいと気がついたようだ。シビックの助手席に乗り込むと、今度は「北白川さん、勝つでしょうか」と言った。

「負けるな、たぶん」

「えっ、どうして。力量は六・四で北白川さんのほうが上なんでしょ」

「今のところはね。しかし猪飼というあのボクサーは、北白川にはないものを持っている。荒削りだけどすばらしい才能と、俺は誰にも負けないという、ふてぶてしいほどの自信だ」

「たんなる自信過剰じゃないんですか」

「それもボクサーには必要な才能なんだよ」

峡平が言い終えると同時に、脇に置いた携帯電話が鳴った。ハンドルを握っている峡平の代わりに、夏実が電話に出た。

「ハイ、佐倉峡平探偵事務……ああ、菜々ちゃん。どうしたの……ええっ、それホント？　金谷トモ子さんが……襲われたんですって！」

八

「帰って頂戴よ。あんたたちに話すことなんか、何もないわよ！」

ドアホンから金谷トモ子の金切り声が響き渡った。

「しかし……」

「しつこいわね。帰れって言ってるのが聞こえないの？」

ガシャン！　と受話器を置く音がして、あとはいくらブザーを押しても、ウンともスンとも返事がなかった。峡平と夏実は黙って顔を見合わせた。

金谷トモ子が第二みどり公園で何者かに襲われたのは、昨日の夜七時すぎである。その現場に居合わせたのは、こともあろうに菜々子だった。菜々子はボレロを散歩に連れ出していて、公園の暗がりで男と女が揉み合っているのを見たのだった。

「最初はラブシーンかと思ったんだ」

　菜々子は真面目くさって峡平に説明した。

「ラブシーンだったら、あんまりじろじろ見たら悪いでしょ。だからこっち側から公園の外に出ようと思ったんだけど……やっぱり気になって振り返ったんだ。そしたら、あのおばちゃんが男の人を突き飛ばして、逃げるとこだったの」

　菜々子は悲鳴を上げた。その声に気づいた男は、今度は自分が金谷トモ子を突き飛ばすと、公園の向こう側の出口の外に停めてあった車に乗り込んで、国道の方角に走り去った。ほんの数秒の出来事だった。暗いのと、倒れた金谷トモ子に気を取られたのとで、菜々子は男の風体をよく覚えていなかった。

「峡さんとあんな約束をしてなきゃ、あいつを捕まえられたのに」

　そう言って、菜々子は口惜しそうにボレロの頭を撫でた。菜々子が峡平とボクシングの真似事をしていた藤原を暴漢と勘違いして、ボレロに「かかれ！」と命令したのは、四日前のことだ。峡平は菜々子をきびしく叱り、峡平の許可なしにボレロを人にけしかけないことを、再度約束させたばかりだった。

　だが、菜々子が口惜しがる理由はそれだけではなかった。菜々子によれば、金谷トモ子はろくすっぽ礼も言わず、「峡さんの事務所で猫を探しているおばさんでしょ」と言うのに返事もせず、ハンドバッグを拾って、さっさと自分のマンションへ入ってしまったという。

頭にきた菜々子は、すぐさま公衆電話から峡平の携帯電話に注進に及んだ。ついでに一一〇番にも電話して鍛冶木刑事を呼び出し、「強盗殺人婦女暴行未遂事件が発生しました！」と報告した。被害者が金谷トモ子だと聞いた鍛冶木はすぐさまトモ子のマンションに駆けつけたが、けんもほろろの玄関払いを食わされた。いやはや、前後して駆けつけた峡平と夏実も、まったく同様の扱いを受けたのだった。

「インターホン越しに、〝その子、頭がどうかしてるんじゃないの〟とまで言うんだからね」

見張りの警官を残して夜道を帰りながら、鍛冶木刑事はやれやれといった面持ちで愚痴をこぼした。

「ほかの子じゃないんだ。目撃してたのは菜々ちゃんだよ」

「鍛冶木刑事にそう言ってもらえれば、菜々子も面目が立ちます」

「面目はどうでもいいが、これにはきっとわけがあるよ。今度のことは、藤原が殺された事件と、どこかでつながっているんだ。——ちきしょう、彼女がしゃべってくれさえすればなあ」

「鍛冶木さんは藤原の死体が見つかったあと、金谷トモ子に会ったんですよね。そのときは何と言ってたんですか」

「今回と似たようなもんだ。あたしは藤原とは無関係だ、迷惑だの一点張りさ」

そして今日である。警官の報告によれば、トモ子は一歩も部屋を出ずに閉じこもっていた。峡平と夏実は、二時間置きにマンションに足を運んでブザーを鳴らしているのだが、金谷トモ子の応対には、まったく変化が見られないのである。

「ダメだね」

「ダメですね」

二人はうらめしげにドアを眺めた。

「彼女、いつまで出てこないつもりなんでしょう」

「昨日は店を休んだんだろ。今日も休むとなると連チャンだよ。あの厚化粧からすると、すごく商売熱心なママさんのはずなんだけどな」

「部屋の中でもあのお化粧をしているのかしら。ゴンが家出したのも、あのお化粧のにおいにうんざりしたからかもしれませんね。いくら牡猫だって、あれは疲れますよね」

夏実が、まるで自分がゴンになったような顔つきでこめかみを揉んだ。その手がふいに止まり、目が大きく見開かれた。

「菜々ちゃん……ゴン！」

その言葉に、峡平は振り向いた。いつの間に上がってきたのか、情けなさそうに尻尾を垂れたボレロの横で、大きなトラ猫を抱いた菜々子がニコニコ笑って立っていた。

「菜々公。その猫、どうしたんだ」

「どうって、あたしが見つけてきたに決まってるじゃん」

菜々子がいたずらっぽく言った。

「ねえ夏実さん、この猫がゴンでしょ。峡さん、この猫間違いなくゴンだよねっ」

峡平は声を張り上げる菜々子のそばに駆け寄って、猫の両の後ろ脚を広げた。

「違うよ。菜々子、ゴンは……」

「シッ」

菜々子が眉を寄せて峡平を睨んだ。

「峡さん、これゴンだよ。ゴンだってことにして、おばちゃんにドアを開けてもらうんだよ」

「菜々ちゃん、アッタマいい！」

夏実が小さく叫んだ。

「所長。さ、ブザー押して。インターホンに出なければ、大きな声で怒鳴って」

急《せ》かすより早く、夏実は中腰になると、トモ子の部屋のドアの新聞受けに横向きに顔をつけた。

「金谷さん、ゴンが見つかりました！　たった今捕まえて、ここに連れてきました！」

「お願いします。ドアを開けて、ゴンを中に入れてやってください！」

ブザーを押しながら、峡平もインターホンに向かって怒鳴った。菜々子はトラ猫を抱いてドアスコープの前に立つ役だ。猫の後ろ脚を用心深く揃え、顔は自分の背中のほうに向けて、トラ縞の背中だけが見えるようにしたあたり、なかなかの芸の細かさだ。

「金谷さん。ほら、ゴンです！　僕らの言うことが信用できないんなら、ドアスコープから覗いて確かめてください」

「やめて頂戴！」

インターホンからトモ子の悲鳴が聞こえたのはそのときだ。

「ゴン、ゴンってあたしを虐《いじ》めるのはやめて。ゴンは死んだのよ！　死んじゃって、もういないのよ！」

わあっと激しい泣き声が聞こえた。トモ子はインターホンを切るのさえ忘れているようだった。ゴンは死んだ……ゴンは死んじゃって、もういない……峡平の頭の中で、金谷トモ子の悲鳴が谺《こだま》した。谺の奥から、藤原の顔が浮かんできた。それと一緒に、もうひとつの顔も浮かんできた。

「そうか。……そうだったのか」

峡平は菜々子を振り返った。

「菜々公、その猫を頼む。夏実ちゃん、鍛冶木刑事に至急連絡を取ってくれ。俺は一足先に……」

「鍛冶木刑事ならここにいるがね」

階段の下から、のんびりした声が言った。

「峡さん、車の用意はできてるよ。サイレンは鳴らさないほうがいいんだろ？」

九

試合開始のゴングまで三十分を切って、後楽園ホールはほぼ満員の盛況だった。タイトルマッチでもない試合にこれだけ客が入るのは、すなわち太平洋ジムの新人、猪飼譲二の前評判が高いことにほかならない。

　車内で打ち合せをすませた峡平と鍛冶木刑事は、関係者出入口で左右に別れた。鍛冶木刑事は右の太平洋ジム控室、峡平は左の朝霧ジム控室へ行くのだ。

　コンクリートの廊下を、峡平はゆっくり歩いた。廊下正面にぽっかり開いた口からリングが見える。ライトに皓々《こうこう》と照らされている。客席のざわめきも一緒に聞こえてきた。心を静めて廊下を歩いていると、自分がこれからリングに上がるような気がした。

　控室のドアは開いていた。峡平は壁をノックすると、大股で中へ入った。

「あ、佐倉さん。きてくれたんですね」

　中村が最初に気づいた。中村は、ボクサーパンツ姿で椅子に腰かけた北白川の腕を揉みほぐしているところだった。

「やあ、よくきたな」

　朝霧会長が、おだやかな目で峡平に笑いかけた。

「どうだ、元気でやってるか」

「はい、おかげさまで」

「きてくれてよかったよ」

　会長が峡平に耳打ちした。

「北白川がやけに固くなっとってな。気負うのはいいが、固くなるとパンチまで固まっちまう。やつの気分をほぐしてくれないか。デビューのときから面倒をみてきたお前なら、あいつも安心するだろうから」

どう切り出そうかと悩んでいたのに、チャンスがこれほど簡単に訪れるとは、予想していなかった。

「わかりました」

峡平はうなずいた。会長の顔は見られなかった。

「すみませんが、ちょっとの間、北白川と二人だけにしてくれませんか」

北白川に聞かせるつもりで言った。峡平が朝霧会長の顔を見られないように、北白川も峡平の目を避けていた。代わりに中村が、驚いたように峡平を見た。

「でも、マッサージがまだ終わってないんですが……」

「かまわんさ。佐倉にだってマッサージはできる」

そう言うと、会長は「頼むぞ」というように峡平の肩に手を置き、中村を急かして部屋を出て行った。峡平はドアを閉め、内側から鍵をかけると、タオルを背にうなだれている北白川を見つめた。肩の筋肉がかすかにふるえていた。それを見ていたら、ふいにどうしようもない怒りが込み上げてきて、

「バカ野郎！」

峡平は北白川の座っている椅子を蹴り上げた。椅子が音をたてて横倒しになり、北白川が床にくずおれた。

「佐倉さん……勘弁してください……俺は……俺は……」

北白川はそのままの姿勢で泣きじゃくり始めた。上から見ると、まるで胎児のようだった。

「あんなこと、するつもりじゃなかったんだ……だけど藤原から電話がかかってきて、佐倉さんに会いに行くつもりだとわかった……藤原はきっと、あのことをしゃべる……しゃべられたらおしまいだ……俺は怖くなったんです。怖くて怖くてどうしようもなくなったんです」

「だから殺したのか。俺の、親友を、怖いから殺したって言うのか」

「しょうがなかったんだ！」

北白川が駄々っ子のように叫んだ。峡平は胎児の姿勢の北白川を蹴り上げた。何度も何度も蹴り上げた。北白川は「ゲッ」と声を上げ、ますます小さくうずくまった。外で「佐倉！」「何が起こったんだ」と言う声がはじけ、控室のドアがガタガタ音をたてていたが、峡平にも北白川にも聞こえなかった。峡平は北白川の脇にしゃがみ込んだ。

「どっちが勝つことになってるんだ？」

「あっちです」

蚊の鳴くような声で北白川が答えた。

「港会長が持ちかけてきたのか」

「そうです」

「いくらだ」

「四百万。クルマの借金の分です」

四百万……たったの四百万。それが藤原のいのちの値段だった。峡平は血の出るほど唇を噛んだ。

「藤原は、どうしてそれを知った？」

「俺が太平洋ジムの会長室で港会長と会ってるとき、藤原がきたんです。――夜でした。練習生は帰ったあとで、安心してしゃべってました。そうしたらあの人がドアの外にいた……会長が先に気づいて、部屋を出て行きました。あの人と何かしゃべって……たぶん脅かしたんだろうと思います。じきに戻ってきて、大丈夫だから心配するなと言いました。藤原は俺が朝霧ジムの北白川だとは気づいてないし、やるのがいつの、どの試合かも、はっきりとはしゃべってなかったからって」

「港は、何でそんなに自信たっぷりだったんだ」

「藤原が麻薬の売人だったときのことを知っているって……証拠があるって。落ちぶれたボクサーはああなるんだと俺に言いました。だからお前はうまくやれ、と」

「藤原はしょっちゅう港のところに行ってたのか」

「会長は六年ぶりだと言ってました。こっちが忘れた頃になってヒョコッとやってくる、可哀そうだから金を恵んでやるって」

ちきしょう、ちきしょう、ちきしょう！　峡平は腹の中で港の顔を殴りつけた。おそらく藤原は、港にまだ愛されていると思っていたのだ。だが、港にとって藤原はお荷物だった。八百長試合の相談を聞かれたとあっては、なおさらお荷物だった。

「藤原があの日俺のところにくるのを知ってたのは、お前だけだった。俺はもっと早く気づくべきだったんだ。——あいつには、どこで声をかけた」

「佐倉さんの事務所の入ってる駅前ビルの手前です」

慣れてきたのか、あるいは全部しゃべってラクになりたい気持ちからか、北白川の声は最初よりずっと落ち着いていた。

「偶然のふりをして呼び止めて酒に誘ったら、すぐについてきました。機嫌がよくて、佐倉とボクシングをやったと言っていました。それとなく聞き出していくうちに、佐倉さんには八百長の話をしていないことがわかりました。でも、いつ話すかわからない——試合の前に話されたらおしまいです。佐倉さんは探偵だから、すぐにどの試合か気づいてしまうでしょう」

「ずいぶん買いかぶってくれたものだな」

「酒に睡眠薬を入れました。クルマで送ると言って、俺の新車に乗せました。排気ガスを引いて、顔にかぶせたビニール袋にホースで引き込んだら、三十分くらいで息がなくなりました。俺は急に怖くなって、公衆電話で会長に電話したんです。会長は一時間ほどでやってきました。あの一時間が、今までの人生でいちばん長かった……」

「死体を第二みどり公園に捨てたのは、港の指示だったのか」

「藤原の元の奥さんが住んでる真ん前だから、捜査をわからなくするのに、ちょうどいいって……。そのとき、ビニール袋を捨てるんでゴミ箱を見たんです。そうしたら、中に迷い猫のポスターが捨ててありました。それを見た会長が飛び上がって——〝この猫は藤原の猫だ。可愛がってた猫を預けたところを見ると、あいつは元の女房にしゃべったかもしれん〟と」

「峡さん！　おい、峡さん！」

鍛冶木刑事の声が廊下からビンビン響いてきた。

「こっちはかたづいたぞ。ドアを開けてくれ」

「こっちもです。今開けます」

峡平はキーを回してドアを開いた。廊下に、沈痛な表情の朝霧会長や、不安でいっぱいの中村の顔が見えた。彼らを部屋に入れないよう、警官が手をつないで人間バリケードをつくっていた。

「よう。あんたが北白川かい。峡さんの教え子にしちゃ、ちと出来が悪すぎるぜ」

大股で部屋に入ってきた鍛冶木が、立ち止まってじろりと北白川を見た。

「客が怒り出すといけないから、詳しい話は署に帰って聞こう」

あっさりと引っ立てて手錠をかける。北白川はまったく抵抗しなかった。峡平は北白川のハダカの肩にリング・コートを着せかけてやった。

「公園で金谷トモ子を襲ったのは、やっぱり港だったよ」

北白川を別の刑事に預けると、鍛冶木は峡平の耳にささやいた。

「しかし、あの女も気が強いね。今さっき、うちの署の人間がトモ子のところへ行って、港の逮捕を話したんだ。そうしたら彼女、何て言ったと思う？〝藤原を殺したのはあいつだと思ったんで、自分一人で仇《かたき》を討とうと思って考えてた〟んだとさ」

「彼女は、藤原を愛してたんです。藤原が預けたゴンが死んでしまったんで、そっくりな猫を探すために、うちに猫探しを依頼したんですよ。藤原を悲しませないためにね」

そのとき、ふいに廊下が暗くなった。振り向くと、客席の照明も消えていた。真っ暗な中に、スポットライトを浴びた誰もいないリングが浮かび上がっていた。

「たいへんお待たせいたしました。本日の試合は、突発事態により、太平洋ジムの猪飼譲二の不戦勝と決定いたしました。もう一度申し上げます。本日の試合は……」

場内アナウンスが、わあーという怒号でかき消された。その怒号に吸い寄せられるように太平洋ジムの控室のドアが開いて、中からリング・コートを羽織った猪飼譲二が、ゆっくり、ゆっくりと歩いてきた。こんな事態になっても、怯《ひる》むふうさえなかった。峡平は道を空けて猪飼譲二を通した。すれ違いざま、猪飼は峡平に向かってニヤリと笑った。

ニセ恋人事件

一

喪服に身を包んだ女たちがもつれるように佐倉峡平《さくらきょうへい》探偵事務所に飛び込んできたのは、夏実と峡平がそろそろ帰り支度を始めようかという、午後六時すぎだった。

「佐倉さん！」

最初に叫んだのは、峡平の行きつけの喫茶店〈ロータス〉のウェイトレス、マリである。

「お願いします。あの人が本当に愛していたのはあたしなんです」

マリが峡平の腕にすがりついてきた。峡平は何が何だかわからずに、マリの顔を見つめた。泣き腫らした真っ赤な目が吊り上がっている。よほどひどく泣いたらしく、鼻の頭も赤くなっている。

「マリさん、どうしたの。落ち着けよ」

「落ち着いてなんかいられる場合じゃないんです。こんなひどいことって、あたし生まれて初めてです。佐倉さんの力で、とことん調べてもらいたいんです」

腕をつかんでぐいぐい揺さぶる力の強さは、峡平の知っているマリとは別人のようだ。〈ロータス〉にいるときのマリは、常連だからといってヘンに狎《な》れ狎《な》れしくしたり、ぺちゃくちゃ話しかけてきたりしない。だからといって愛想が悪いわけではなく、挨拶は笑顔でちゃんとするし、カップの置き方もじつに丁寧だし、呼ばなくてもちゃんときてコップの水を足してくれる。商店街の喫茶店にはめずらしい、理想的なウェイトレスなのである。

「調べるって……いったい何を調べればいいんだい」

薄気味悪い気分で訊ねると、マリは後ろにいる二人の女を振り向いて、キッと睨みつけた。

「だから、あの人が愛してたのはあたしだってことです。それをこの女たちに証明してください」

「違うってば！　彼が愛してたのはあたしなんだから」

マリを押しのけて若い娘が前へ出た。こちらは西町商店街の中ほどにある佐伯フルーツのアルバイト店員、佳奈子である。ロック歌手志望とかで髪の毛はビンビンの金髪に染めているが、「見かけによらずいい子だよ」と、佳奈子にアパートを世話した大塚不動産から聞いたことがある。

「彼、いつも言ってたんだから。〝佳奈ちゃんといると元気が出る〟って。〝気分が若返る〟って」

「それがどうしたって言うのよ。そんなの愛とは関係ないわよ」

「あるわよ。彼の元気の素はあたしだったのよ」

「じゃあ証拠出しなさいよ」

「あんたこそ出しなさいよ」

一歩も引かない迫力で二人が睨み合う。どっちかがもう一言言ったら、たちまち摑み合いの大喧嘩になりそうな気配だ。一触即発とはまさにこのことだった。

とはいうものの、神聖な事務所で摑み合いなどされてはたまらない。だいいちこの事務所は狭くて、二人が摑み合ったら最後、モノがこわれるのは目に見えている。峡平は意を決して二人の間に割り込んだ――いや、割り込んだと思ったのだがそれより早く、最後に残った黒服の女に突き飛ばされていた。

「ちょいと」

女がマリと佳奈子の間で胸を張った。色の白い、堂々たる中年女だ。どこかで見た顔だと思い、すぐに「あっ」と気がついた。身なりがあまりにもふだんと違うのでとっさにはわからなかったが、女は峡平もときどきがんもどきなどを買う、倉田豆腐店の女主人だったのだ。

「二人とも、ぴいぴい騒ぐんじゃないわよ。佐倉さんが困ってるじゃないの」

倉田の奥さんが貫禄たっぷりに一喝した。倉田豆腐店の女主人といえば、旦那の死後斜陽産業の豆腐屋を女手ひとつで守り抜いたばかりか、副業で貸し駐車場とマージャン屋を営み、今ではかなりの資産家と噂もある女傑だ。その資産と、絹ごし豆腐みたいにむっちりした年増の色気に言い寄る男連中は多いが、

「どうしてどうして、あの後家さんは堅いよ。豆腐屋だからやわらかいと思ったら大間違いだ」とは、これまたご町内の消息に通じた大塚不動産の言葉だった。

「あのねえ、世間には釣り合いってものがあるのよ。わかる？」

倉田の奥さんがゆっくりと言う。マリと佳奈子は奥さんの貫禄に気押《けお》された格好で、目をギラギラさせながら黙りこくっている。

「あんた、いくつ」

奥さんに訊かれたマリが、不貞腐《ふてくさ》れた声で「二十八」と言った。

「あんたは？」

「十九よ。彼はあたしのそこを愛してたのよ。若いってすばらしいって。きみと一緒にいると、年なんか忘れてしまうって」

佳奈子が懸命に叫んだ。

「お黙り！　そんなこと訊いてないわよ」

倉田の奥さんは余裕しゃくしゃくだ。

「あの人が、あんたたちみたいな小娘を相手にするわけないでしょ。年を考えなさいよ、年を」

「何さ。そっちこそ年を考えたら」

今度はマリが悲鳴を上げた。

「若づくりしてるけど、あたしちゃんと知ってるわよ。あんた来年五十七じゃないの。会社員だったら定年退職よ。いい年してヘンな妄想言わないでよ」

「も、妄想ですって！」

倉田の奥さんが喪服の裾を乱してマリにつかみかかった。

「キャッ、痛い」

「痛いのはあたしの心よっ」

「それを言うなら、あんただってオバサンよ。二十《はたち》すぎたらみんなオバサンなんだから。あたしは十九よ」

「それがどうしたのよ」

マリが佳奈子のおっ立った金髪をわし摑みにした。

「愛に年は関係ないわよ。あんた〝マディソン郡の橋〟を読んでないの？」

「あの人が愛してたのはあたしよ」

「違う、あたしよ」

「お黙り、このイカレ娘が」

「何さ更年期障害」

「きーっ、言ったわね！」

どたん、ぴしゃん、がらん、今や三人は三《み》つ巴《どもえ》の大立ち回りだ。峡平は先月月賦で買ったばかりのパソコンを体でかばいながら「落ち着いてください！」と叫んだが、三人とも他人の言葉が耳に入る状態ではない。

「ちきしょー、くやしいっ」

「愛よ、愛なのよ」

「あんたなんかにあの人を愛する資格はないわよ」

鉛筆が飛んでくる。スティック糊も飛んでくる。パソコンのガイドブックも、ライターも、ついさっき峡平が飲んだ胃薬の箱も飛んでくる。もう勘弁ならん、と峡平が体を起こしかけた

とき、

「喧嘩はお清めが済んでからにしなさいっ」

夏実の金切り声と一緒に、ばらばらっと白いものが降ってきた。

塩だ。あわててまぶたを閉じたが間に合わず、塩が目に入る。しみる。涙がぼろぼろこぼれてくる。峡平は手で顔を払って塩を落とした。そのはずみにまた塩が目や口に入って、目が痛い、口がしょっぱい。

それでもどうにか目を開けると、女たちも涙をぼろぼろこぼしたり、ケンケンと小さな咳をしながら、喪服についた塩を払い落としていた。その向こうでは夏実が肩をふるわせて仁王立ちになっていて、足元に食卓塩の小箱が転がっている。夏実はみんなの頭上から箱ごと塩をぶちまけたようである。

「あなたたち、お葬式帰りでしょ。お清めもしないで事務所に入ってくるなんて、どういうつもりなのよ」

夏実が憤怒《ふんぬ》の表情で前へ出た。

「あのう、お葬式じゃないんですけど」

佳奈子が蚊の鳴くような声で言った。

「じゃあお通夜？」

「お通夜でもありません。あたし……あたし……」

最後まで言えずに、佳奈子がすすり泣きになる。ほかの二人もハンカチを出して目に当てている。いやはや、たった今までつかみ合いの大立ち回りをしていたのが信じられないほどのしおらしさだ。

「夏実ちゃん、ちょっと待てよ」

喪服姿の女たちに揃ってすすり泣きをされては、怒るにも怒れなかった。峡平は自分も涙を拭きながら夏実を押しとどめた。

「でも所長」

「まあ待てよ。この人たちは依頼人だよ。少なくともマリさんは」

峡平がそう言うと、マリがしゃくり上げながらコクンと頷いた。佳奈子も、倉田の奥さんも頷いた。

「じゃあ、三人とも依頼人なんですね」

全員がふたたび頷く。

「みなさんはさっき、〝あの人が〟とか〝彼が〟とか言っていましたね。依頼内容は愛情の問題ですか。みなさんの中の誰をいちばん愛しているか、私からその男性に訊いてみてほしいと？」

「訊けるんなら……訊けるものなら、あたしがとっくに訊いています」

倉田の奥さんが絞り出すような声でさえぎった。

「あの人、死んじゃったんです。あんなに元気だったのに……昨日の晩、心筋梗塞で倒れて……今朝病院で亡くなったそうです」

そこまで言うと、奥さんはわっとその場に泣き伏した。マリも佳奈子も同様だ。峡平は夏実と顔を見合わせた。——そうか、わかったぞ。この三人は訃報《ふほう》を聞いて駆けつけて、そこで鉢合わせしてしまったというわけだ。

それにしても誰だ。十九歳のパンク娘から五十六歳の熟女まで、一手に引き受けて死んでしまった罪つくりな男は——。

「もしかしたら、ご町内の人ですか」

峡平は訊ねた。

「小澤《おざわ》、園の、ご、主人です」

嗚咽《おえつ》の合い間に、マリが途切れ途切れにつぶやいた。

「小澤園？　あの、お茶屋さんの？」

「そんなばかな！　小澤園のご主人ならピンピンしてるわよ。あたし、昼間見たもの」

夏実が叫んだ。

「奥さんにお尻たたかれて、タクシーに乗り込んでたわよ。ひどく急いでたみたいだけど、ちゃんと足はあったし……頭はいつものとおり光ってたけど、輪っかは浮かんでなかったし」

「違うんです。あたしの彼は、あんなハゲおやじじゃありません」

佳奈子が泣き濡れた目で峡平を見た。

「佐倉さん、回覧板見なかったんですか。小澤園の大旦那さんが亡くなったっていう回覧板を！」

二

「そうか。連中は峡さんのところへ駆け込んだってわけか」

大塚不動産の大塚吉造が、同情のこもった目で峡平を見た。

「あのまんまで納まるわけがないと思ってたが、やっぱりなあ。まあ、気持ちはわからないでもないけどな」

「小澤園の大旦那がいちばん愛してたのは誰なのか、とことん調べてくれって言ってます。もしかしたら誰のことも愛してなかったのかもしれませんよって言ったんですけど、三人が三人とも〝そんな筈はない〟って言い張るんです」

女たちが引き揚げてから一時間ほどたった、佐倉峡平探偵事務所である。峡平は客を案内して戻ってきた吉造を事務所に招き入れて事態を説明し、小澤園の大旦那の人となりやご町内の噂を教えてもらおうとしているところである。

もっとも、騒動のきっかけについては吉造のほうが詳しかった。吉造は町会の役員として、病院から戻ってきた小澤園の若旦那と葬儀の打合せをしていたからだ。

「最初にきたのは〈ロータス〉のウェイトレスだったな。店の客がしゃべっているのを聞いたと言って、真っ青な顔で飛び込んできた。あのまんま失神するんじゃないかと思ったくらいだ」

ウェイトレスの制服のまま駆け込んできたマリは、小澤園の息子に「あの人の死に顔に会わせてください」と言って泣き崩れた。驚いたのは息子だ。父親が若い女と付き合っているなんて、寝耳に水の話だったからだ。

「マリさんは何も要求しなかったんですか」

「死に顔にお訣《わか》れが言いたい、ということだけだったな。それならっていうんで、病院からお棺が戻ってくる時間にきてもらうことになったんだ。お通夜は人目があるから、その前にそっと、というわけだな。ところが、あの娘が帰って十五分もしないうちに、今度は果物屋の娘が駆け込んできたってわけだ、あの、すっとんきょうな髪の毛を振り立ててな」

金のまだら染めになった佳奈子の頭を思い出して、峡平は思わず吹き出した。気の毒に、小澤園の息子はさぞ仰天したことだろう。

「笑いごとじゃないよ。あの息子は小心者なんだから」

峡平を睨みながら、吉造もやっぱり苦笑いしていた。

「頭も派手だが、騒ぎようも派手だったねえ。〝信ちゃーん〟とか、〝あたしも死ぬ〟とか言っちゃってね。息子のほうはただオロオロするばかりでさ。しょうがないから、あたしと息子の嫁さんの二人であの子を説得して、とにかく帰ってもらったんだ」

「ふふふ。男って、そういうときいつもオタオタするのよね」

夏実が意味ありげに言ってみんなの湯呑みにお茶をつぎ足した。

「倉田豆腐店の奥さんがきたのはいつだったんですか」

「葬儀屋が祭壇の飾り付けをしていたときだから、夕方の四時すぎだな」

　吉造が答えた。

「じつは、あの後家さんの応対に出たのはあたしだったんだよ」

「大塚さんが？」

「喪服を着て、数珠を持って現われたからね。通夜の始まる時間を間違えたんだと思ったんだ」

「ところが、そうじゃなかったんだ」

「最初は気づかなかったんだよ。お通夜は六時からですよって説明したら、後家さんは〝そうだったんですか〟って頷いてたからね。ちょっと、うわの空ではあったがね。――で、帰るかなと思ったら帰らないんだ。せっかく支度してきたし、夕方は店が忙しいから、どうしても今お焼香させてもらいたいって言い張ってね。そこまで言われちゃ無下《むげ》に断われないんで、小澤園の息子と相談して、お棺の安置してある部屋へ通ってもらったんだ。そうしたら、そこへ……」

「さっきの二人が現われちゃったんですね」

　夏実が好奇心丸出しで身を乗り出してきた。

「夜叉《やしゃ》だよ」

　吉造がブルッと身をふるわせた。

「あの顔は、まさしく夜叉だったな。大夜叉、中夜叉、小夜叉だ。女があんな恐ろしい顔になるなんて、あたしは今の今まで知らなかったよ」

「あら、そうですか」

　夏実がすまして言う。

「女性は誰でもそういう顔しますよ。大塚さんが今まで知らなかったとしたら、それは運がよかっただけですよ」

「夏実ちゃん、脅かさないでくれよ」

「それとも、女性にあんまり縁がなかったのか」

「はっきり言うねえ」

　夏実の軽口に、吉造は女たちの夜叉顔をようやく振り払うことができたようだ。

「小澤園の大旦那さんて、いくつだったんですか」

「あたしより一回り上だから、七十三かな」

「じゃああの三人、七十三歳に熱を上げてるわけ？　すっごーい」

「あのじいさんは昔からモテるんだ。若い頃からたいした美男で、西町の上原謙って呼ばれてたくらいだ」

「でも七十三歳ですよ。いくら上原謙だって、くたびれちゃいますよ」

「ウソだと思うなら、明日の葬式に行って写真を見てくるといい。夏実ちゃんだって、クラッときちゃうかもしれないぞ」

　からかうように夏実を見ると、吉造は湯呑みを取ってうまそうに喉を湿した。

「とにかく、大旦那のお棺の前で三人が鉢合わせしちまったってわけだ。通夜の時間は迫ってくる、三人は三人で自分こそ大旦那の恋人だと声を張り上げる。あたしは気が気じゃなかったよ。誰にだって墓場に持ってく秘密のひとつや二つはあるもんだが、三人となるとスキャンダルだからな。残された家族もかわいそうだし」

「そうですね。とくに息子さんがそんなに気が小さいとするとね」

「それそれ。じつは、息子のその気の小ささのおかげで助かったんだよ」

吉造が湯呑みを置いた。

「祭壇の準備もできて、お坊さんもやってきて、もうどうにもならんという瀬戸際になって、息子が真っ青になってぶっ倒れちゃったんだ。三人の真ん前でな」

「わっ、すごいグッド・タイミング！」

「こうなると死人より生きた人間のほうが優先だよ。医者だ、布団を敷けって騒ぎになって、その間にあの三人はいなくなっちまってた。あたしも嫁さんもやれやれと胸を撫で下ろしたんだが、三人はその足で峡さんのところに行ったんだな。やれやれ、峡さんもとんだ火の粉をかぶっちゃったなあ」

「いいんです、うちは今ヒマだから。ねっ、所長」

夏実が元気よく言う。夏実は、今度の調査がやけに気に入っているようなのである。

「でも、誰が本当の恋人だったかなんて、どうやって調べるんだい。大旦那は死んじまってるんだよ」

「ええ……」

峡平が悩んでいるのはそこだった。愛情の問題は、いくら調査してもわからない。事実や証拠がいくら出てきたって、それで愛情が証明できるものではない。

「所長、弱気出さないでください。とにかくやるっきゃないんですから」

夏実が立ち上がって、机からノートを取ってきた。峡平が当てにならないのなら、自分ひとりでも調べるぞという意気込みだ。

「大塚さん、ちょっと聞いていいですか」

「いいよ」

吉造が機嫌よく頷いた。

「小澤園の大旦那さんのことなんですけど、そんなに美男でモテたんなら、これまでにも女性問題の噂がいくつもあったんでしょうね」

「それが、ないんだよ。女房が生きてるうちももちろんなかったし、四年前に女房を亡くしてからもないなあ」

「じゃあ堅物？」

「だからよけい驚いたんだ。三人もいっぺんに出てくるなんて、やっぱりやることはやってたんだなあ」

「そうとも限らないんじゃないですか」

夏実がちらっと峡平を見た。

「明日はあたし、佐伯フルーツの佳奈子さんに話を聞こうと思ってるんです。年が近いから、所長が行くより本音の詳しい話が聞けると思います。佳奈子さんが終わったら、〈ロータス〉に行ってマリさんに話を聞いて……」

「夏実ちゃん、〈ロータス〉は俺が行くよ」

「ダメダメ。所長はマリさんと顔見知りだから、情が入って判断が鈍るでしょ。そのかわり、倉田豆腐店の奥さんをお願いします。あと、小澤園の息子さん夫婦と」

「わかった。じゃあそうしよう」

夏実がてきぱき手順を決めるのが、峡平にはうれしい。「そうとも限らないんじゃないですか」と言って、峡平をちらっと見たこともうれしい。探偵として、夏実はずいぶん成長してきた。このまま行けば、一人前になる日も近そうだ。

「よし、方針は決まり！」

夏実がノートを閉じた。吉造はそんな夏実を目を細めて眺めている。もしかしたら俺もあんな顔で夏実を眺めているのかな、と峡平が照れくさいような気分になったとき、ノックの音がして、「すみません」と若い女が顔をのぞかせた。

「下に貼り紙がしてあったんですけど、大塚不動産さんはこちらにきてます？」

「はい。——ああ、あんたでしたか。部屋はどうでした？」

吉造が女に笑いかけた。女はどうやらアパートを見にきた客らしい。

「とても気に入りました。すぐにでも引っ越してきたいくらい。今日のうちに手付けだけでもお支払いしておきたいんですけど、こんな時間でもいいですか」

「それはかまわないけど、部屋を彼氏に見せなくていいの」

吉造の言葉に、女がパッと顔を赤らめた。

「いいんです。彼、私に任せるって言ってくれてますから」

「そう。じゃあ下へ行きましょう」

吉造は立ち上がると女を先にうながし、意味ありげな目つきで夏実を見てニヤッと笑った。

「今の娘さん、来月結婚するんだって。夏実ちゃんも頑張らなきゃな。そうなったあかつきにはいい部屋を紹介してあげるから」

そう言って夏実の肩をポンとたたくと、吉造が威勢よく階段を下りて行く。夏実は「失礼しちゃうわ」とか何とか言いながら、表情は浮き浮きしている。

困ったものだ、と峡平は思った。吉造は夏実をけしかけているのだ。吉造がコレをやると、そのあと決まって、夏実は峡平に対して積極的になる。夏実の気持ちはうれしいが、そしてまた、夏実のよさも十分にわかっているつもりだが、今の峡平には、彼女の気持ちを受け入れる場所がないのである。

「あの三人、今ごろどうしているんでしょうね」

夏実が峡平を見つめてつぶやいた。さっきまでのはきはきした調子とは打って変わった、濡れて湿りけを帯びた声だ。

「マリさんが言ってたわ、愛に年なんか関係ないって……年だけじゃありませんよね。勇気さえ出せば、愛に越えられないものなんてありませんよね」

峡平は夏実に勇気なんか出してほしくない。とりあえず今だけは勘弁してほしい。

「──所長」

夏実の腕が伸びてきた。一瞬早く、峡平は立ち上がって徒手体操をはじめた。

「イチ、ニ。イチ、ニ……どうもダメだな。運動不足かな」

「所長っ」

「あはは。運動不足の探偵なんて、ちょっとカッコ悪いよな……老眼の探偵とどっちがカッコ悪いかな」

「所長ってば！」

「イチ、ニ。イチ、ニ……そういえば最近、もの忘れもひどくてね。こないだなんか、トイレに入って考えごとをしているうちに出るのを忘れちゃって、菜々公のやつにさんざん文句を言われちゃってさ」

「所長、もういいですっ」

夏実が叫んだ。峡平はオイチニ、オイチニと手を動かしながら、コート掛けからコートを取った。

「さて、と。今夜はこれくらいにして帰ろうか」

時計はまだ八時前だ。ひさしぶりに、菜々子《ななこ》と一緒の夕食ができそうだ。

「そうですね。所長のトイレの話聞いても、楽しくなんかないですからね」

夏実はプリプリしている。そんな夏実にホッとする半面、せっかくのチャンスを取り逃がしたような気になるのも、いつものことである。

「夏実ちゃん、よかったらうちで飯を食っていかないか」

コートに袖を通しながら峡平は言った。

「いいんですか」

夏実がパッとうれしそうな顔になった。

「そのかわり、メニューは昨日の残りのカレーライスだよ。たくさん作りすぎちゃったんだ」

家には菜々子がいる。菜々子がいれば、夏実はちっとも危険ではないのである。

「いいです。あたしカレー大好きです」

夏実がいそいそとバッグを取った。

「そうだ、帰りに福神漬を買っていかなきゃ。――じゃあ消すよ」

パチンと明かりを消し、踊り場へ出てドアに鍵を突っ込んだときだ。

「よかった。峡さん、まだいたか」

吉造があたふたと階段を駆け上がってきた。

「今帰るところなんですが、どうしました」

「ちょっと、これを見てくれよ」

吉造が手に持った書類を広げた。書類は二通あった。どちらもアパートの契約書だ。

「こっちはさっきの娘さんの仮契約書。こっちは先月仲介した別のＯＬさんの契約書なんだが、保証人の名前と住所が同じなんだ。しかも、どっちの娘さんも、保証人になった男は婚約者だと言ってる。――峡さん。この男、第二の小澤園か、悪くすると結婚詐欺じゃないかね」

三

翌日の午前十時に始まった小澤園の大旦那、小澤信吉の葬式は、参列者にやたら年配のご婦人が多いということをのぞけば、ごく尋常な葬式であった。前の日に心臓を押さえてひっくり返ったという若主人も、顔色が悪いながら何とか喪主をつとめていた。

「――息子さん、昨日倒れたんですって。お父さんが亡くなったのが、よっぽどこたえたのねえ」

喪章をつけて焼香の列に並んだ峡平と夏実の後ろから、ヒソヒソとそんな話が聞こえてくる。

「そりゃそうよ。小澤園はおじいちゃんで保《も》っていたんですもの」

別の声がさらにヒソヒソと答えている。

「シブかったわねえ。藍《あい》みじんに前掛けして奥の小上がりに座ってるところなんか、歌舞伎役者みたいだった」

「片岡孝夫があと二十年たったらあんなふうになるんじゃない？」

「孝夫ほど線が細くなかったわよ。先代の海老蔵よ」

「手がまたきれいだったわね。指が長くて、シミなんかあんまりなくて」

「そうそう。あの手で〝ま、どうぞ〟なんてお茶をすすめられると、喉が渇いてなくても飲んじゃうのよね」

ご婦人がたのヒソヒソ話は尽きるところがない。焼香の列はしめやかに進み、峡平の番がきた。峡平は遺族に向かって一礼すると、香をつまんで祭壇の遺影を見上げた。

なるほど、聞きしにまさる美男である。それもしわが年輪になるタイプの、風格ある美男である。これなら年配のご婦人がぽうっとなっても不思議はない。——だが、この顔は十代、二十代の若い女性にも受けるんだろうか。ちょっとシブすぎやしないか。愛に年齢は関係ないとはいえ、半世紀も年が離れていると、話題やセンスも合わないのではないだろうか。

「あたし、どうも納得できないいんです。何だか不自然な気がするんです」

昨日の晩、峡平の家でカレーライスを食べながら夏実が言った言葉がよみがえってくる。

「そりゃあそうだよな。大塚さんによれば、小澤園の大旦那には今までに浮いた噂ひとつなかったんだろ。なのに、亡くなったとたんに三人も愛人が名乗り出てきた。どう考えても不自然だよなあ」

「それもありますけど、三人の喧嘩のしかたが何か不自然なんです」

そこまで言うと、夏実が薬味のラッキョウを口に放り込んだ。カリカリ、ポキポキと小気味のよい音が食卓にひびいた。

「夏実さん。そのラッキョウ、鍛冶木《かじき》刑事のおじちゃんが持ってきてくれたのよ」

菜々子が言った。

「田舎にいるおじちゃんのお母さんから送ってきたんだって。一人じゃ食べきれないんで、おすそわけだって」

「あら、こんなにおいしいのに？　奥さんや子供さん、ラッキョウきらいなのかしらね」

「鍛冶木さんは独り者だよ」

「えっ。あたし、結婚してるとばかり思っていた。子供が四人ぐらいいそうな顔してるんですもの」

「四人か。夏実ちゃんの想像力はやけに具体的なんだなあ」

笑いながら峡平もラッキョウをつまんだ。この次カレーを作ったときには、鍛冶木刑事も招《よ》ぼうと思った。

「ところで、夏実ちゃんは今、三人の喧嘩のしかたが不自然だったって言ったね。具体的にはどういうこと？」

「それは……うまく言えないんですけど、何となく無理しているみたいな感じがしたんです。カーッとなって喧嘩しているっていうより、喧嘩しなきゃいけないからしているみたいな」

「そうかな。俺には三人とも、すごくカッカしてるように見えたけどな」

「峡さんは男だからわかんないのよ」

菜々子が生意気に言い放った。

「おっ、言うじゃないか」

「当たり前よ。男の子よか女の子のほうがアタマいいもん。宿題だって何だって、やらなきゃいけないことは女の子のほうがちゃんとやるもん」

「じゃあ菜々公は男の子だな。今日まだ宿題やってないだろ」

峡平が菜々子のおでこを突つくと、菜々子は「気にしない、気にしない」と言って、すました顔でカレーをパクつき始めた。近ごろ菜々子は、具合が悪くなるとすぐに「気にしない、気にしない」だ。夏実がクスクス笑った。

「所長、菜々ちゃんの言ったこと、半分は当たってますよ」

「どこが」

「どうしてもやらなきゃいけないと思ったら、男の子より女の子のほうがちゃんとやるってこと。追いつめられると、女は地力《じりき》が出ちゃうんです。あたし、あの喧嘩は三人の中の誰かがしかけたような気がしてならないんです」

「夏実ちゃんが言ってるのは、三人の中の誰かが挑発したってこと?」

「そうです。それが誰だかわかれば、この調査のすごい手がかりになると思うんですけど……」

そう言うと、夏実は真面目な顔でスプーンを動かし始めた。頭の中で、喧嘩の細部を思い出そうとしているのだ。峡平も黙々とスプーンを口に運んだ。言われてみれば、たしかに夏実の言うとおりだという気になる。

三人の中で誰がいちばん愛されていたか——それは愛の勝敗を決めることだ。そういう大事なときに、逆上してつかみ合いの喧嘩をするなんて、一人前の女ならまずしないはずだ。喧嘩に勝ったって、愛の勝敗には関係がないからだ。

「十九歳は一人前かな」

峡平はつぶやいた。

「人によるんじゃないですか」

夏実が答えた。

「明日になればわかると思います。さっき電話して、小澤園のお葬式のあとで会う約束をしたんです」

「約束っていえば、大塚さんとの約束もあったな」

「ああ。あの、保証人の男の人の件」

大塚は、その男が結婚詐欺に違いないと信じ込んでいた。峡平に、詐欺の証拠をつかんで警察に連絡してくれと言うのだ。

「結婚詐欺なら、女性のほうに被害があるはずですよ。大金を貸したとかのね。まず二人の女性にその被害を聞いてみるのが先じゃないですか」

「そんなことは聞けないよ。可哀そうじゃないか」

「でも、被害がなければ結婚詐欺にはなりませんよ」

「バカ言っちゃいけないよ。そいつは若い娘さんをたぶらかしてるんだ。金は取っちゃいないかもしれないが、心は盗んでるんだ。だったら立派な結婚詐欺じゃないか」

たしかに大塚の言うことも一理ある。結婚詐欺かどうかは別にして、峡平はその保証人の男に会ってみることにした。契約書で住所も勤務先もわかっていたから、それがウソでないかぎり、会うのは簡単なはずだった。

「夏実ちゃん。保証人のほうは俺がやるから、夏実ちゃんは十九歳が一人前かどうか、しっかり見定めてきてくれ」

そうだ。あの喧嘩が三人の中の誰かが仕組んだものだとして、佳奈子にそれを仕組めるかどうかを、夏実に確かめてもらうのだ。

「消去法ですね。わかりました」

夏実はのみ込みが早い。ニッコリ笑って頷くと、「二十八歳のほうもまかせてください」と胸を張った。そのようすは、マリの調査はぜったいに峡平にはやらせないぞ、と言っているようだった……。

「――コホン」

後ろからわざとらしい咳が聞こえてきて、峡平は現実に引き戻された。香をつまんだまま、小澤園の主人の遺影を見上げてぼんやりしていたのだ。横で焼香していた夏実はとっくの昔に向こうへ行って、町会のテントの脇で近所の人たちと話をしている。あわてて香をたき、遺影に一礼して夏実のそばへ行くと、

「あの写真、所長も見惚れちゃったんですか」

夏実がクスクス笑いをこらえた顔つきで言った。

「ステキでしたね。あたし、小澤園の大旦那があんなカッコいい男性だとは思わなかった。考え変えました」

「変えたって？」

「あのご主人だったら、あたしだってフラッときちゃうってことです」

そこまで言うと、夏実は笑いをこらえ切れなくなったのか、ぷいと横を向いて早足で歩き出した。しかたなく、峡平もあとを追いかける。角を曲がったところでやっと追いつくと、夏実はすばやくあたりを見回して峡平にささやいた。

「所長。今、ちょっと気になることを聞きました。倉田豆腐店のことなんですけど……あの奥さん、借金取りにせっつかれてるみたいなんです。駐車場もマージャン屋の店も借金の担保に入ってるらしいです」

「初耳だな。そんな噂は聞いたことないけど」

「私がさっきしゃべってたおばさん、倉田豆腐店が豆腐を卸してるスーパーでパートをやってるんですって。そのスーパーの主任さんが、倉田の奥さんに泣きつかれたんですって。百万円でいいから来月分の手形を先にもらえないかって」

「へえ」

「あと、〈ロータス〉のマリさんのことも聞きました。マリさん、三、四カ月ほど前にアパート移ってるんですって。理由は夜中に部屋にきた男の人と暴力沙汰になって、隣の部屋の人がパトカー呼んじゃったからなんだって。居づらくなったんですね、きっと」

「その男の人って、まさか……」

「もちろん違います。マリさんより年下の、チンピラっぽい男だったそうです」

「誰に聞いたの、その話は？」

「それは——ヒ・ミ・ツ」

悪戯《いたずら》っぽく笑うと、夏実はパッと峡平から離れて神妙な顔を作った。向こうから、葬式帰りの一団が歩いてきたからだ。

「じゃあ所長、あたしはいったん家へ戻って、服を着替えてから佳奈子さんに会いに行きます。遅くなるようなら連絡しますから、事務所を閉めて先に帰っちゃってください。行ってきまーす」

踊るような足取りで駅の方角に歩いて行く夏実を、峡平はあっけにとられて見送った。ほんの数分の間にあれだけの情報を聞き込んできた夏実に、舌を巻く思いだった。と同時に、ムラムラと闘志も湧いてきた。所長の俺が、きて半年もたたない助手に負けるわけには行かない。絶対にそうは行かない！

「よし、見てろよ」

峡平はこぶしを固めてつぶやいた。夏実の姿はいつの間にか角を曲がって見えなくなっていた。

四

とはいうものの、峡平が会うことになっている小澤園の息子夫婦は、もっか葬式の真っ最中である。もう一人の分担である倉田豆腐店の奥さんからは、「午前中は商売が忙しいので、午後二時ごろにきてくれ」と言われている。あんな大立ち回りを演じたにもかかわらず、一晩たった今朝になったらまずは愛より商売を優先させたわけだ。

その辺が怪しいと言えば言えた。夏実が聞き込んできた大借金の情報も、倉田豆腐店の奥さんの怪しさを補強しているように思えた。

「最初から愛人だと主張しなかったのは、あの奥さんだけだしな」

奥さんが小澤園の大旦那の訃報を聞いて起こした行動は、六時からの通夜に四時にきたということだけである。しかも、きたときにはきちんと喪服を着ていたという。

大塚不動産に言われて答えたように、奥さんは本当に時間をまちがえ、本当に「せっかく支度をしてきたのがムダになるから」先にお参りさせてくれと申し出ただけかもしれないのである。

だとすると、奥さんは佳奈子とマリが争うのを見て、死人に口なしとばかり、とっさに自分を第三の愛人に仕立て上げたのかもしれない。夏美の情報どおり奥さんが金に困っているとすると、「父親の秘められたる愛人」の地位は、息子からいくばくかの金を引き出すのに役立つと知恵を巡らせたのかもしれない。

そこまでやるかな、と考えて、峡平は「やる」と結論を出した。夏実の情報が本当なら、倉田豆腐店の奥さんは、もっか藁《わら》にもすがりたい心境なのだ。藁が死体になったところで、すがりたい心境に変わりはないだろう。峡平は倉田の奥さんと会う前に、夏実の情報の真偽を確かめておきたかった。それには登記所に行って、倉田豆腐店の駐車場とマージャン屋に抵当権がついているかどうかを閲覧すればいい。

腕の時計を見ると時間は十一時四十分、今から登記所に行くと、ちょうど昼休みにぶつかる頃合だった。

「ちぇっ。時間が半端だな」

舌打ちして歩き出す。足はいつの間にか喫茶店〈ロータス〉に向かっていた。こんなとき、いつも〈ロータス〉で時間つぶしをする癖がついているのだ。扉を押して中に入ると、マリはいつもどおり、制服を着てコーヒーを運んでいた。

「お早うございます」

峡平に気づいたマリが、いつもと同じ微笑《ほほえ》みで会釈をしてきた。

「お早よう」

挨拶を返して窓際の定位置に座る。マリが水を運んできて、「いつものですね」と言う。

「うん」

短く答えてマリの顔を見上げると、マリはほんのわずか耳を赤くして、「昨日はご迷惑をかけました」と小声で言った。

「──行かないの？」

峡平は自分の黒いネクタイを軽くつまみ上げた。

「ええ。三人でそう決めたんです」

それだけ言うと、マリは峡平に背を向けてカウンターのほうへ歩いて行った。峡平は備え付けのスポーツ新聞を広げた。マスターの入れるコーヒーの匂い。煙草のヤニで少し黄色くなったレースのカーテン。カーテンから差し込む、けだるいような光――すべてがまったくいつもどおりだ。その中にいるマリの背中からは、昨日の取り乱しようは想像できなかった。

だが、マリは三、四カ月前にも私生活でゴタゴタを起こしているという。あの頃だって峡平は毎日のように〈ロータス〉に通っていたのだが、マリの様子からそんなことを想像したことはなかった。それはこっちのカンが鈍いのか、マリの演技が上手《うま》いのか、などとぼんやり考えていると、スポーツ新聞の活字も目に入らなかった。

――ダメだ、今朝はてんで頭が動かないや。

峡平は新聞を脇に置いた。こういうときはともかく体を動かすことである。やらなければいけないことを、片っ端からかたづけていくに限る。

カウンターの上の時計は十一時四十七分を指していた。峡平はポケットから手帳を取り出すと、椅子を立ってレジ脇のピンク電話に歩いて行った。電話をかける先は、大塚不動産から知らされた保証人の男の勤務先である。聞いたことのない企業名だが、医療機器の会社ではまあ中堅どころなのだという。

電話番号はダイヤルインだった。ベルが七、八回鳴り、疑念がきざしてきたところで、「ハイ、酒井医療でございます」と女性の声が聞こえた。

「すみません。第二営業部の村島さんをお願いします」

「ハイ?」

女性が聞き返してきた。

「第二営業部の村島さんをお願いします。村島健吾さんです」

「少々お待ちください」

女性の声が保留メロディーに変わった。これまた長い長い保留メロディーだった。いい加減うんざりした頃、メロディーが止まってさっきの女性が出た。

「恐れ入ります。村島は別の部署に異動になっております。後任の者におつなぎいたしましょうか。失礼ですが、どちら様でいらっしゃいますか」

「調査研究所の佐倉です。後任の方ではなく、村島さんご自身とお話がしたいのですが」

「承知いたしました。少々お待ちくださいませ」

保留メロディーがまた一分ほどつづいたあとで、ふたたびさっきの女性の声がした。

「申し訳ございません。村島は四月よりシンガポール勤務となっておりました」

「はあ?」

「当社シンガポール支店に転勤となっております。支店の電話番号をお教えいたしましょうか」

「は、はい」

女性が言う電話番号を書きとめながら、峡平の中の疑念がどんどん大きくふくらんでいく。シンガポールにいる村島健吾が、東京のアパートを借りる婚約者の保証人になるはずはないと思えてくる。

「ありがとう。助かりました」

峡平は電話を切った。こうなったらすぐにでも事務所へ戻り、シンガポールへ国際電話をして、村島健吾という男の所在を確かめなければならないと思った。

「よう。朝っぱらからぼんやりした顔してるな」

肩をたたかれたのはそのときだ。顔を上げると、西町警察署の鍛冶木刑事がニヤニヤ笑いながら立っていた。

五

「ふうん。それで峡さんは、俺をここへ引っ張ってきたのか」

鍛冶木刑事がピッと鼻毛を抜くと、抜いたばかりのそれをいとおしそうに眺めた。

「そうなんですよ。村島とかいう男の件はともかく、マリさんがいては、小澤園の話は〈ロータス〉ではできませんからね」

峡平はテーブル越しにティッシュの箱をすべらせた。昼下がりの佐倉峡平探偵事務所である。〈ロータス〉で鍛冶木刑事から声をかけられた峡平は、コーヒーを飲むのもそこそこに、刑事をここに連れてきたのである。

「三人のうちの誰がいちばん愛されていたか、か。探偵より占い師にでも頼んだほうがいい相談だよ、そりゃあ」

「しかも相手は七十三の爺さんなんです」

「おまけにその爺さんは死んじまってる、ときた。ますます占い師向きだ」

鍛冶木は箱からティッシュを一枚取ると、抜いた鼻毛をそっと横たえた。さっさと丸めて捨ててしまえばいいものを、目はまだ紙の上のわが分身をやさしく見つめている。

「世の中、モテる男がいるもんだな。どうして俺はモテないんだろうなあ」

「さあ、どうしてでしょうかねえ」

笑いたいのをこらえて峡平はうなずいた。夏実なら、「そんな汚いことしてるからですよ！」と文句を言うところだ。

「そうそう。その夏実ちゃんなんだがね」

鍛冶木がひょいと顔を上げた。

「えっ、どうして……」

思わず絶句すると、鍛冶木はもったいぶった手つきで鼻毛を包みながら、峡平を横目で見てニヤッと笑った。

「俺は刑事だぜ。峡さんの考えてることぐらいお見通しさ」

「どうもお見それしました。で、夏実ちゃんがどうかしましたか」

「タンクトップ姿もいいけど、今日の喪服姿はゾクゾクするほど色っぽかったな。喪服の女は誰でも美人に見えるって言うけど、夏実ちゃんは格別だ」

「会ったんですか、彼女に」

「峡さんに出くわすちょっと前にな。張り切ってたぞ。今度の事件は絶対あたしが解決してみせます、なんて言って、俺をじーっと見つめちゃったりしてさ」

「そうか！　夏実ちゃんがマリのアパートのいざこざ事件を聞き出したのは、鍛冶木さんからだったんですね」

峡平は膝を叩いた。峡平にニュース・ソースを尋ねられて、「ヒ・ミ・ツ」ととぼけた夏実の悪戯っぽい笑顔が浮かんできた。

「現職刑事から色仕掛けで情報を引き出すとは、とんでもない見習い探偵だ。帰ってきたらうんとお灸を据えてやらなくちゃ」

「おいおい、しゃべったのは俺だよ。夏実ちゃんをいじめるのはやめてくれよ」

「なるほど、鍛冶木刑事の職務規律違反ですか。これは問題だな」

「勘弁してくれって。彼女にしゃべった中身はたいしたことじゃないんだから。パトカーの警官がこぼしてた愚痴を、ちょっと教えただけなんだから」

鍛冶木があわてて弁明する。もっとも、そこはプロの刑事だ。アパートでマリに暴力をふるった男が二十代のチンピラ風だったこと、パトカーを呼んだ隣の部屋の住人の話では、騒ぎは今回が初めてではないことなど、警官の愚痴の細部もちゃんと記憶していた。

「夏実ちゃんには言わなかったんだが、その男は尼子勝己っていうつまらない野郎だ」

鍛冶木は言った。

「自称セールスマンだが、実際は老人相手のマルチ商法の販売員。わが署にも何度か被害届けが持ち込まれて、それで顔と名前を覚えたってわけだ」

「マリさんみたいなしっかりした女性が、そんな男に引っかかるとは不思議だな。小澤園のお爺ちゃんのほうが、まだ納得が行きますよ」

「それそれ。彼女にとっちゃ、若いマルチ野郎より爺さんのほうがずっとよかったんだろうよ。七十三歳じゃ暴力もふるえないしな」

鍛冶木がクックッと笑い声を上げたとき、ドアが開いて大塚不動産の大塚吉造が顔をのぞかせた。小澤園の葬式からまっすぐここへきたらしく、黒服を着ている。

「峡さん——おや、鍛冶木刑事さんがお見えなのか。そんならあたしは……」

「どうぞ、かまわんから入ってください」

引っ込もうとした大塚を、鍛冶木が引き止めた。

「西町署はここんとこ、事件らしい事件がなくてね。鬼の鍛冶木刑事も辣腕のふるい場所がなくて、こうやって油を売っているわけでして」

「警察がヒマなのはいいことですよ。町が平和な証拠です」

「我らが佐倉峡平探偵事務所もヒマなようですな。恋愛問題を手がけてるそうで」

「殺人事件よりはいいですよ」

大塚が重々しくうなずいた。

「ところで峡さん。例の結婚詐欺の件なんだが、何かわかったかな」

「ああ、あの村島っていう男の話ですね。大塚さんの店にきた若い女性二人が、同姓同名同住所の男を婚約者だと言っている——」

　鍛冶木が浮き浮きした調子で言った。

「あれれ。鍛冶木さん、ご存じなんですか」

「この探偵さんは口が軽いもんでね。大塚さんも、大事な調査は依頼しないほうがいいかもしれませんよ」

　鍛冶木刑事は、しっかりさっきの仇を取っている。いやはや、刑事のヒマの持てあましぶりは本当のようである。峡平は大塚に、村島が四月からシンガポール支店に転勤になっていることを説明した。それだけで女性たちの婚約者が村島ではないとは言い切れないが、まったく別の人物が村島の名をかたって女性たちの——少なくともどちらか一方を——騙している可能性は、おおいにあった。

「シンガポールに国際電話をかけて村島氏本人と話せば、事態はある程度はっきりすると思うんですが」

「峡さん、ぜひそうしてくれよ」

「それが、電話はかけたんですが誰も出ないんです。調べたら、今日はシンガポールの祝日で、会社が休みのようなんです」

　明日は土曜、あさっては日曜だ。

「弱ったな」

大塚が頭を抱えた。

「娘さんたちのアパートの契約は日曜なんだ。それまでにはっきりさせないと気の毒だよ。少なくともどっちか一方は権利金を無駄にしちまうことになるからね。男に騙されたうえに権利金を取られたら、踏んだり蹴ったりじゃないか」

「そりゃそうだ」

鍛冶木が身を乗り出した。

「大塚さん。私がひと肌脱ぎますよ」

「えっ、本当ですか」

「いいヒマつぶしです。人助けにもなるし」

「助かります。ぜひお願いします」

大塚は鍛冶木刑事の手を取って拝まんばかりだ。見ている峡平はおもしろくなかった。そりゃあ鍛冶木は頼りになる。警察の一員だから、情報だって峡平よりずっと簡単に入手できる。だからと言って、峡平が引き受けた仕事を横取りする権利はないのである。

「峡さん、よかったな」

大塚がニコニコしながら話しかけてきた。

「あたしのほうの調査を鍛冶木さんが引き受けてくれれば、峡平さんは小澤園の三人愛人に専念できるだろ」

「そうですね」

愛想よく答えながら、峡平は内心では闘志満々だ。佐倉峡平探偵事務所の看板にかけても、鍛冶木刑事より早く大塚の依頼を片づける決意だった。

こうなったら、ボヤボヤしていられない。峡平は椅子を立った。時計は一時を少し回ったところだ。急げば、倉田豆腐店に行く前に登記所に寄れそうだ。そのあとは、大塚から聞いてある村島の東京の住所を訪ねてみる。今の心境では、本当はそっちへ先に行きたい気分だ。倉田豆腐店との約束が、返す返すも残念だ。

「出かけるのかね」

鍛冶木が腰を浮かせた。

「ええ。二時に倉田の奥さんと会う約束をしてあるんです」

「おっと、そうだ。倉田の奥さんに会うんなら、渡してもらいたいものがあるんだ。こないだ行った、商店会の旅行の写真なんだが」

そう言って大塚が黒服の内ポケットから出したのは、DPE屋の袋に入った現像済みのフィルムである。商店会には写真好きが多いと見えて、全部で十冊ほどはある。

「焼増したいコマの下に名前を書いて、水谷酒店に回すように伝言してくれないか」

「わかりました。それにしてもすごい量ですね。一泊二日の旅行で、よくこんなに撮ったもんだ」

「二本をのぞいて全部、亡くなった小澤園さんが撮ったんだよ。葬式の前に、嫁さんが渡してくれたんだ」

大塚がしんみりと言った。

「あの人は若いころから写真が趣味でね。ドイツ製のすごいカメラを十台ぐらい持ってるんだ。カメラ道楽さえしなければ、店がもう一軒出せたって、よく自慢してたっけ」

「それがモテた秘密だな。お茶屋とカメラ。ミシンと蝙蝠傘《こうもりがさ》」

鍛冶木が横から口を出した。

「何だね、そりゃあ」

「シュールレアリスムですよ。刑事なんかやってるけど、私はこれでも元文学青年なんだから」

「鍛冶木さん、事務所を閉めますよ」

「おっと、ごめんごめん。峡さんは約束があるんだったな」

大塚に事務所の鍵を預けて外へ出る。ちょうど昼休みの終わる時分で、商店街は人通りが多かった。通りすがりに佐伯フルーツをのぞいてみたが、佳奈子の姿はなかった。

六

倉田豆腐店の店が担保に入っているというのは事実だった。峡平が閲覧した登記簿の抵当権の欄には、評判のよくない金融会社の名前がいくつか記されていた。峡平は登記所を出ると、その足で倉田豆腐店に向かった。

豆腐屋といっても、倉田豆腐店は三階建ての立派なビルである。一階が店と工場になっていて、二階はマージャン屋、三階は半分を人に貸し、半分に奥さんが一人で住んでいる。子供はいないということだった。だからこそ、財産も色気もある後家さんとして、町内の男連中に人気があるわけだ。二階のマージャン屋がなかなかの繁盛ぶりなのも、奥さんの人気の賜物と言えた。

「ごめんください」

峡平は店の入口に立って声をかけた。

「いらっしゃい」

ゴム長にゴムの前掛けをかけた男が、腐った豆腐の臭いをプンプンさせながら現われた。工場の清掃時間にあたっていたのだ。

「すいません。奥さんいますか」

鼻を押さえたいのを我慢して訊ねると、

「三階だよ。そこの階段上がって、突き当たりの右側のドア」

入口の脇の階段を指さすと男はすぐにまた奥へ引っ込んだが、臭いのほうはそうは行かない。峡平は口で息をしながら階段を上り、三階まで行ってやっと深呼吸をした。豆腐工場があんなにくさいとは、今の今まで知らなかった。

息をととのえてインターホンを押す。すぐに返事があると思っていたのに、インターホンには誰も出ない。

「おかしいな」

峡平はドアのノブを回した。鍵はかかっていなかった。

「ごめんください……佐倉探偵事務所ですが」

大きな声で呼んだ。奥は静まり返ったままだ——いや、違う。ぐうう、ぐうう……と、動物の唸り声のような物音がかすかに聞こえる。そのときには、峡平は土足で部屋に駆け込んでいた。玄関の向こうは、きれいに片づいたダイニング・キッチンだ。唸り声はその隣の部屋から聞こえていた。

「奥さん！」

峡平は襖《ふすま》を開けた。そこは寝室だった。狭い部屋いっぱいにベッドが置かれ、その上に服を着たままの倉田の奥さんが、俯せに横たわっていた。


「狂言ですよ！」

夏実が憤然と言い放った。

「そんなの狂言自殺に決まってますよ」

「まあまあ、夏実ちゃん」

「だってそうでしょ。玄関のドアに鍵もかけないで睡眠薬自殺する人なんかいませんよ。それも所長と約束した時間に！　倉田の奥さんは、見つかるのを計算に入れたに決まってます。所長はそんなこともわからないんですか」

「わかるよ。だけど」

「奥さんが薬を飲んだのは午前中だったって言うんでしょ。発見が遅れたら、助からなかったかもしれないって。ふん、ちゃんと助かったじゃないですか」

「それは奥さんの運がよかったから……」

「違いますよ。運じゃなくて、頭がよかったからですよっ」

救急車で病院に運ばれた倉田の奥さんは、胃洗浄によって危うく一命《いちめい》を取りとめた。枕元に空っぽの睡眠薬のビンがあった。峡平からその話を聞いた夏実は、「所長に見つけさせるなんて、やり方がキタナイ」と言って、さっきからぷりぷり怒っているのだ。

「しかしまあ、生命《いのち》が助かったんだからいいじゃないか」

大塚吉造が慰め顔で言った。

「大塚さんも甘いですよ。彼女、最初から死ぬつもりなんかなかったんですから」

「人間、死ぬつもりはなくても死んじまうことだってあるんだ。小澤園の旦那だってそうじゃないかね」

「そうそう。小澤園と言えば、所長は今日、小澤園の息子さんに話を聞きに行くはずでしたね。どうでした？」

「それが、病院騒ぎで行けなくなっちゃって、明日に延ばしてもらったんだよ。代わりに夏実ちゃんの報告を聞こうか」

峡平の言葉に、夏実の顔がパッと輝いた。相当の成果があった顔つきだ。

「エヘン、では始めさせていただきます。その一。佳奈子さんは、小澤園のお爺ちゃんとはセックスはなかったそうです」

「ウッ、ゴホゴホ」

大塚が飲みかけたお茶にむせて目を白黒させた。

「夏実ちゃん、そんなこと聞いたのか」

「だって、それがいちばん肝心なことじゃないですか」

夏実がすまして言った。

「でも、それをもって佳奈子さんがお爺ちゃんの恋人でなかったとは言い切れません。何しろお爺ちゃんは七十三歳ですから」

「そりゃあそうだ」

「で、二人の関係をもうちょっと詳しく聞いてみました。それによると、付き合い始めたのは今年の春ごろから。月に二度ぐらいデートしていたようですね。デートの場所は新宿のレコード屋とか、佳奈子さんの好きなロック・シンガーのコンサートとか、東京ディズニーランドとか……」

「ディズニーランド？」

声を上げたのはまたもや大塚だ。

「ディズニーランドってのは遊園地だろ。そういうところは、孫かなんかと行くんじゃないかね」

「大塚さん、ディズニーランドは若い人のデートスポットとしても人気があるんですよ」

峡平は笑いながら教えた。そう言えば、菜々子がディズニーランドへ連れて行けとうるさかった。延ばし延ばしにしてきたが、今度の日曜あたりに行ってやらなければ……。

「だけど夏実ちゃん。今の話を聞くと、大塚さんがそう感じたのも無理はないよ。デートの場所は、佳奈子さんが夢中のところばっかりだろ。まるで年寄りが孫の遊びに付き合ってやってるようじゃないか」

「それが違うんです。これが証拠です」

夏実がバッグから封筒を取り出してテーブルに置いた。

「何だね、それは」

大塚が封筒に手を延ばした。

「小澤園のお爺ちゃんが撮影した、佳奈子さんのヌード写真です」

「ええっ」

あわてて封筒を放した大塚は、助け船をもとめるように峡平を見た。だが、峡平だって困るのだ。夏実の前でヌード写真を――しかも依頼人のヌードを――観賞するわけにはいかないではないか。

「あら、見ないんですか」

夏実がさらっと封筒を逆さにした。

「佳奈子さんの裸、とってもキレイですよ。小澤園のお爺ちゃんて写真が上手だったんですね。

生きてたら、あたしも撮ってもらうんだった」

「夏実ちゃん、脅かさないでくれよ」

大塚はそっぽを向いて汗をかいている。堂々とした夏実の態度に照れくささも取れて、峡平は目の前の写真を眺めた。

夏実の言ったとおり、佳奈子はとてもキレイなカラダをしていた。

「佳奈子さんは、この写真が何よりの証拠だって言うんです。愛がなければ、こんなキレイな写真は撮れないって」

「なるほどな」

「それを聞いて、あたしもそうかなって思いました。三人の中で一番かどうかはわかりませんが、小澤園さんが佳奈子さんを愛していたことは間違いないと思います」

写真があるので、夏実の言葉には説得力があった。峡平は写真を封筒に戻すと、あっちを向いてむくれている大塚に、「もういいですよ」と言った。

「やれやれ。あたしゃ、知ってる娘さんの裸は見たくないよ」

大塚が額の汗を拭った。夏実の態度は、大塚には刺激が強すぎたようだ。

「大塚さん旧《ふる》いんだから。キレイなものはキレイじゃないですか」

「いくらキレイでもイヤだね。私はもう帰るよ」

「ちょっと待ってください」

腰を浮かせた大塚を、峡平は呼び止めた。

「例の、村島っていう男の件なんですが。——病院のあとで、大塚さんから教えてもらった村島のマンションへ行ってみたんですよ」

「中野へかい。で、どうだった?」

大塚が表情を引き締めた。

「村島という男は住んでいませんでした。そもそも、その住所にはマンションなんか建っていなかったんです。駐車場なんです」

そんなことではないかと思っていたのだ。顔を見ると、大塚も同じ気持ちのようだった。

「どうします?」

「どうするって……鍛冶木刑事の調べを待つしかないだろう」

「待っても同じことじゃないですか。こうなったら、アパートを借りにきた二人の女性に確かめないと」

「しかしなあ」

大塚は迷っている。幸福そうな若い娘に、「あんたは騙されているかもしれない」と言うのがつらいのである。

しかし言わなければ、二人はもっとつらい目に遭うかもしれないのだった。

しばらくのち、大塚は「わかった」と覚悟を決めたように言った。

「峡さんに任せよう。娘さんたちの連絡先を教えるから、その男を捕まえてとっちめてやってくれ」

七

「ええ。おやじには、たしかに好きな女性がいたようなんです」

そう言うと、小澤園の息子は消え入りそうなため息をついた。

峡平が通された部屋は、小澤園茶舗の奥の六畳間である。亡くなった大旦那の居間だったというその部屋は、床の間がガラス戸付きの大きな戸棚に改造されていて、中にカメラだの写真の箱だのがぎっしり並んでいる。

「おやじの相手が倉田豆腐店の奥さんだったらと思うと、私はどうしたらいいかわかりません。おやじの後を追って自殺未遂なんて、そんな……」

「まだそうと決まったわけじゃありません。私はそれを調べているんですから」

峡平は励ますように息子の顔を見た。葬式のときよりはマシな顔色だが、目の下の青ぐろいクマはまだ消えていない。ときどき心臓に手を当てるのも、やけに神経質な感じだ。

「お父さん本人がそう言ったんですか。好きな女性がいると?」

「はっきりとは言いませんでしたが、それらしいことを聞いた記憶があります。〝老いらくの恋っていうのは切ないな〟とか、〝人間、いくつになっても煩悩は消えないな〟とか。そのときは、おやじは何をバカなこと言って、ぐらいにしか思っていなかったんですが、亡くなったあとであのマリっていう人が飛び込んできて……」

「もしや、と思ったわけですね」

「佐倉さん、私の身にもなってくださいよ。堅物で通っていたおやじが死んだとたんに三人も女が出てきて、お棺の前で取っ組み合いを始めて……挙げ句の果てはその中の一人が自殺未遂です。面目なくて、私は外も歩けません」

息子がすがるような上目遣いで峡平を見上げたとき、襖が開いて、小澤園の奥さんが部屋に入ってきた。

「すいません、お茶屋なのにお茶が遅くなっちゃって」

奥さんが愛想よくお茶をすすめる。旦那は意気消沈しているが、奥さんのほうは潑剌《はつらつ》としていかにも元気そうである。

「今度の件、佐倉さんが調べてくださってるんですってね。よろしくお願いしますね」

奥さんがニッコリ笑った。年は三十半ばと聞いているが、笑うとえくぼができて、なかなか可愛い顔だ。

「よろしくお願いしますたって、お前、佐倉さんが依頼されたのはあの三人からだぞ」

息子が言った。

「誰が頼んだっていいじゃないの。本当のことがわかれば」

「わかって困ることもあるんだぞ。あの中の一人を〝お母さん〟て呼ばなきゃならなくなったらどうする」

「何言ってるのよ。お義父《とう》さんは亡くなっちゃってるんですよ。死んだ人とは結婚できないから大丈夫よ」

そう言うと、奥さんは自分の運んできたお茶をおいしそうにゴクリと飲んだ。

「佐倉さん。そういうわけですから、徹底的に調べてくださいね。何でも協力しますから」

「わかりました。それでは手始めに、お父さんの日記とかメモとかがあればお借りしたいんですが」

そう頼んだものの、小澤園が亡くなってまだ三日である。遺品の整理も済んでいないということで、峡平は初七日がすぎてからふたたび訪れることになった。もっとも、小澤園には日記をつける習慣がなかったので、役に立ちそうな遺品は、フィルムと写真になりそうだ。

「では、また伺います」

息子に挨拶して、峡平は部屋を出た。奥さんが見送りについてきた。

「佐倉さん、ちょっと」

奥さんが小声で佐倉の上着を引っ張ったのは、裏口から外へ出たときである。

「さっきはうちの人がいたんで言わなかったんですけど、私、ヘンなものを見たんですよ。倉田豆腐店の……」

「倉田の奥さんがどうかしましたか」

「お通夜の日の早い時間に、うちへきたでしょ。残りの二人がくる前でした。トイレを貸してくださいって言われて、私、奥さんに場所を教えたんです。そのまま忙しさにまぎれて忘れていたら、奥さん、お義父さんの部屋に入ってたんですよ」

「えっ」

「私、取りに行くものがあってあの部屋に行ったんです。そしたら中に倉田さんの奥さんがいて、私を見てひどくあわてて……。部屋を間違えたとか言ってごまかしてましたけど、あれはウソです。何か盗もうとしていたんです。噂ではあの奥さん、お金に困ってるって言うじゃありませんか。〝貧すれば貪《どん》す〟ですよね、まったく」

奥さんの目が、一瞬きらりと光った。

「佐倉さん、この話はここだけにしておいてください。同じご町内なんで」

「わかりました」

峡平はうなずいた。さっきの愛想のいい奥さんと、目の前にいるきつい顔つきの奥さんと、どちらが本当の奥さんなのだろうか。今回の調査では、女性のこんな顔ばかり見せられているようだ。

それにしても、倉田の奥さんが小澤園の居間で何かを盗もうとしていたとは思えない。あの部屋にあるのは、写真の道具だけだ。金目《かねめ》の物といえば骨董品のカメラだが、あんなものを盗んでも、喪服姿では隠すところもない。

――きっと何かを捜していたんだ。

だが、捜し物は見つからなかった。小澤園の奥さんに見つかって、あわてて言い訳したのがその証拠だ。倉田の奥さんが自殺を図ったのは、その捜し物が見つからなかったからだろうか。恋人だと名乗りを上げたのも、そのせいなのだろうか。

「小澤の奥さんも、もう少し早く教えてくれればいいのにな」

峡平は歩きながらぶつぶつ言った。何が「同じご町内」だ。何が「貧すれば貪す」だ。

「峡さん！」

はじけるような声がして、峡平は後ろを振り向いた。ランドセルを背負った菜々子が、ボレロと競走するように、黄信号をこっちへ駆けてくるところだった。

「菜々公、危ないぞ」

声をかけたが、それで止まるような菜々子ではない。あっという間にこちら側へ渡ってくると、息をはずませながら峡平の腕を引っ張った。

「峡さん。今日の国語のテスト、百点だったよ」

「すごいな。生まれて初めての百点じゃないか」

「百点取ったらディズニーランドに連れてってくれるって約束したよね？　ね、明日行こ！」

「明日かあ」

明日は日曜日だ。ディズニーランド行きは峡平も考えていたことだったから、ふつうなら異存はないが、明日の日曜に限っては予定が入っている。田中友里子と会わなければならないのである。

友里子は先日峡平の事務所へ顔を出した、あのＯＬだ。大塚から友里子のアパートの電話番号を聞いた峡平は、今日の朝いちばんで連絡を取った。「まことに言いにくいんですが……」と切り出して婚約者の村島なる男の素性を訊ねると、友里子はカンカンに怒って、「それなら明日、アパートの契約のときに彼を連れて行きます！」と言ったのだった。

「なあんだ、つまんなーい」

菜々子が口をとがらせた。

「菜々ちゃん、また一人で留守番かよ。そんなに留守番ばっかさせてると、非行に走っちゃうぞ」

「そう言うなよ」

「チャパツにして、パンクしちゃうぞ。ブルセラもしちゃうぞ」

「おいおい。わかって言ってるのかよ」

「わからなくてもしちゃうぞ」

通りがかりの奥さんが、こっちを見ておかしそうに笑った。ボレロが、自分が笑いかけられたのだと思って、遠ざかって行く奥さんにせっせと尻尾を振っている。犬といい子供といい、まったくもって始末に負えない存在である。

「よし。明日は晩飯に焼肉食いに行こう。焼肉食って、バッティングセンターに行こう」

峡平は妥協案を持ち出した。

「やーだね」

菜々子はすぐには乗ってこなかった。

「夏実ちゃんと……そうだ、鍛冶木刑事も誘おう」

「大塚さんは？」

菜々子が言う。

「もちろん、大塚さんもだ。それならいいか」

「いいけど、ディズニーランドの代わりじゃイヤだよ」

「ディズニーランドには、来週かならず連れて行ってやるからさ。な、それで手を打とう」

「よし。手を打とう」

パチンと手のひらを合わせると、菜々子はやっと満足そうな顔になった。峡平もやれやれという気分だ。二人と一匹は連れ立って事務所へと歩き始めた。

「峡さん。学校で今日、面白いことがあったんだよ」

菜々子がのんびりと言った。

「前ピンがね、理科のテストの問題間違えて……」

「誰だ、その前ピンて」

「前原先生だよ。ほら、いつも髪の毛の前のところがピンとおっ立ってるじゃん。……その前ピンが、理科の問題を間違えちゃったの。四つのうちから正しいのをひとつ選ぶのに、四つとも間違えた答えだったの。でもって、伊藤くんが手を挙げて〝答えがありません〟って言ったの。そしたら前ピン、なんて言ったと思う?」

「知らないな」

「わざと意地悪して、誰かがそう言うのを待ってたんだって。伊藤はえらいぞ、だって。ズルイよね、そんなの」

「うん。ズルイな」

「大人はイヤだよ。ああいうズルするんだもん——じゃあね。今日は早く帰ってね」

峡平の背中をぽんとたたくと、菜々子が家の方角に向かって駆け出した。いつの間にか事務所の前まできていたのだ。菜々子とボレロが角を曲がって消えるまで見送ってから、峡平は事務所への階段を上がった。事務所には、峡平が小澤園にいる間にマリと話をした夏実が待っているはずだった。

八

「——というわけで、マリさんの可能性はいちばん濃厚です。同情が愛に変わるってやつです」

夏実がパタンとノートを閉じて峡平を見た。目は峡平に褒めてもらいたい期待でいっぱいだ。

「いい報告だ。要点もまとまってるし」

峡平がうなずくと、夏実はホッとしたように息を吐き出した。

「ああ、よかった。あたし合格ですか」

「合格、合格。昨日の佳奈子さんの報告よりずっとよかったよ」

「うふふ、昨日は初めてだったから」

「二度目でこれだけできれば立派なものさ」

お世辞抜きで、峡平は夏実の報告に満足していた。聞きたいことはすべて聞いてあるし、マリの表情や言葉のニュアンスもしっかりメモしてあった。

——夏実の報告によれば、マリと亡くなった小澤園が恋愛関係になったのは四カ月前である。きっかけは、マリが尼子に脅されているところを小澤園に見つかったことだった。尼子は〈ロータス〉のマスターがいないときに店にきて、マルチ商法のチラシを客に配れと、マリにしつこく頼んだのだ。

様子がおかしいことに気づいた小澤園は、ほかの客がいなくなったのを見計らってマリに訊ねた。最初はマリも言葉をしぶっていたが、「今のは、公会堂で七十万円の磁気フトンを売りつけてた男じゃないかい」と言われて、何もかもしゃべる気になった。西町商店会にも、磁気フトンセールスに引っかかった老人が何人かいたからだ。

「尼子とマリさんは、足掛け六年ぐらい続いてたそうです。マリさんが逃げてもすぐに見つけだして、うまいこと言ってまたくっつく——ヒルみたいなやつだったんです」

夏実が憎たらしそうに吐き捨てた。

「小澤園さんはそれを聞いて、マリさんを励ましました。勇気を出してそいつと別れなさい、困ったら私が力になるからと言って、マリさんのために新しいアパートまで借りてあげたんです」

「パトカー騒ぎのあとで引っ越したのは、そのアパートだったのか」

「はい。マリさんはスーツケースだけで引っ越したので、尼子に新しいアパートを嗅ぎつけられずにすんだんです」

「でも、それだけだったら単なる美談にすぎないよ。小澤園がマリさんを愛してたという証拠には、ちょっと弱いんじゃないか」

「小澤園さんは、マリさんのアパートにちょくちょく顔を出してたようですよ。——と言っても、佳奈子さん同様セックスのほうはなしですけど」

ふたたびノートを開くと、夏実はカレンダーのページをめくって、日付についた丸印の数をかぞえ始めた。

「えーと、計十七回か。付き合ってた期間を割ると、ほぼ週一回。これって世間並みじゃないかな、恋人のデートの間隔として」

「夏実ちゃん、今日はすっかりマリさん派じゃないか」

峡平は言った。

「昨日は、〝佳奈子さんが愛されてたのは間違いない〟なんて言ってたのに。小澤園さんが愛してたのは、いったいどっちなんだい」

「うーん、きびしい質問」

夏実が困ったように笑った。

「正直言って、小澤園さんは佳奈子さんもマリさんも愛していたんじゃないかと思えてきたんです。それぞれに別の愛し方で……相手に合った愛し方で」

「順番はつけられないってわけか」

「ええ」

峡平は葬式で見た小澤園の写真の、骨のある美男ぶりを思い浮べた。夏実の言うとおりなら、小澤園は七十三歳にして、少なくとも二人の女性を愛したのだ。相手に、自分がいちばん愛されていると思わせるだけの愛を、きちんと与えることができたのだ。それぞれの年齢を考えれば、それはたいへんなことだった。

「小澤園さんみたいな男性って、あたしステキだと思います」

夏実が低い声で言った。

「小澤園さんが女性に人気があったのは、きっと美男だったからじゃないんです。女の人はみんな、小澤園さんのそういうステキなところを、本能的にキャッチしたんだと思います」

「そうかもしれないな。でも、それじゃあ依頼人に報告書は書けないよ。依頼内容は、〝三人のうちの誰がいちばん愛されてたか〟っていうんだから」

「あ、そうだ！　もう一人いたんだ」

そう言うと、夏実は椅子から立ち上がってバッグを取り、ニヤニヤ笑って峡平を見た。

「でも、そのもう一人は所長の担当ですからね」

「えーっ、そりゃないだろ」

「なくないですよ。あたし、今の結論を佳奈子さんとマリさんに報告してきます。あの二人はそれで納得してくれるはずですから」

「待てよ。俺の担当も手伝ってくれよ」

「行ってきまーす」

峡平の手を擦り抜けるようにして、夏実は事務所を飛び出して行ってしまった。やれやれ、いちばん面倒なのが残ってしまったわけだ。

しかし、佐倉峡平探偵事務所所長としては、いちばん面倒なものは部下に任せず引き受けるべきである。峡平は気を取り直して電話帳を引き寄せた。倉田の奥さんの入院している病院に電話して、容体を確認してみるつもりだった。

電話はすぐに通じた。奥さんはすっかり元気になったが、念のため二、三日は入院させるということだった。

「面会はできますか」

「ええ。ただし、ご本人が会ってもいいとおっしゃる方に限りますけど。ケースがケースなので」

「わかりました。ありがとう」

受話器を置き、倉田の奥さんは俺に会うだろうかと考える。生命の恩人なのだから会ってくれるだろうとも思えるし、死ぬところを無理に助けられたわけだから会いたくもないだろうとも思える。そもそも倉田の奥さんの自殺未遂が狂言なのか、狂言でないのか、それさえも定かではないのである。

「夏実ちゃんは狂言説だけど、奥さんが飲んだ睡眠薬は、致死量を軽く超えていたしな」

これでは本人に話を聞いてみるしかない。会ってくれないかもしれないが、病院に行くだけは行ってみようと峡平は思った。電話帳を閉じ、抽出《ひきだし》に戻した。そのとき、抽出の中に派手な封筒が突っ込んであるのが目に止まった。DPE屋の封筒だ。大塚から倉田豆腐店の奥さんに渡すように頼まれたやつだ。峡平は抽出からそいつを持ち上げた。

「商店会の旅行の写真だって言ってたな」

中を抜いて開いてみる。十冊ほどある写真帳を、ぱらぱらとめくってみる。写真はバスの中、宴会風景、カラオケ風景などであった。温泉につかって笑っている男たちの写真もあった。ぶどう園でぶどうを採っているところ、ワイン工場の見学風景、奥さん連中のスナップ。油断しているところを不意に撮ったのか、浴衣《ゆかた》であぐらをかいた飯田呉服店が足の裏の水虫の皮を剝いているところ……。

「あれ？」

峡平の手が止まった。旅館の朝のひとコマだ。ステンレスの長い流しに蛇口が並んでいるのは、洗面所らしい。写っているのは一人だった。顔を洗っている最中に名前でも呼ばれたのか、中腰になって顔だけこっちに向けていた。その顔の主に気がついて、峡平はあっと声を上げた。

「じゃあ倉田の奥さんは、その写真を取り戻したくてあんなことをしたんですか」

夏実があきれたように叫んだ。

「たかが素顔の写真一枚で？　ウソみたい」

「それがウソじゃないんだから、女は怖いよ。——ほら菜々ちゃん、焼けてるぞ」

大塚が焼き網の上で肉を裏返した。日曜日の晩、峡平は約束どおり、みんなで焼肉を食べにきている。

鍛冶木はちょっと遅れるとのことだが、くるのは間違いないはずである。

「倉田の奥さんは器量自慢だった。しかもただの自慢じゃなく、器量を商売につなげて財産を大きくしてきたんだ。その素顔がとんでもないとわかったら、どうなると思う？」

峡平はタン塩を網に載せた。

「別にどうにもならないんじゃないですか。もう五十六歳なんだし」

「違う違う。そこが夏実ちゃんの若さの残酷だな」

大塚が言った。

「倉田の奥さんには、美人のプライドがあったんだよ。何十年も美人でいた人間は、いくつになっても美人でないといけないと思っていたんだ。だから、いつもきっちり化粧をしていた。商店会の旅行で同室だった伊藤薬品の奥さんの話では、寝るときも化粧を取らなかったそうだ」

「お肌に悪いのにねえ」

「お肌よりプライドさ」

あの朝、倉田の奥さんは、まだみんなが眠っている時間に起き出して、洗面所で顔を洗っていたのだった。そこを小澤園が写真に撮った。小澤園は面白い写真を撮りたくて、奥さんが早起きするのを見越して洗面所で待ち伏せしていたのだった。

「倉田の奥さんはカンカンに怒った。そのフィルムを寄越せと言った。小澤園は平謝りに謝って、現像がすんだらそのコマだけ切って奥さんに渡すと約束した。ところが……」

「小澤園さんが急死しちゃったんだ」

「倉田の奥さんはあせった。このままでは、あの写真が商店会じゅうに回覧されてしまうからだ。そこで奥さんは、お通夜の日に早めに出かけて、ネガを取り戻そうと思った。そして首尾よく小澤園の居間に入り込んだものの、小澤園の奥さんに見つかってしまった」

「わかった！　そのあとはあたしに言わせてください」

　夏実が手を挙げた。

「それでも倉田の奥さんはあきらめなかった。どうしてもネガを取り戻したかった。そこへマリさんと佳奈子さんがやってきて、倉田の奥さんは自分も参加すればいいと思ったんです。参加して、遺品をもらうとか言って、ネガを確保しようと」

「そのとおり」

　峡平は笑ってタン塩を裏返した。

「そのネガが、小澤園の奥さん経由で幹事の大塚さんのとこに行っちゃったんですね。それを知った奥さんは、カーッとなって」

「睡眠薬を飲んじゃった。まあ、死ぬつもりだったかどうかは別にしてね」

「女って怖いね」

「とくに美人はね」

　うなずき合う三人をよそ目に、菜々子はせっせと焼肉を口に運んでいる。峡平はひさしぶりになごんだ気分だった。

「所長、覚えてますか。あたしが、あの三人のうちの誰かが演技してるって言ったのを」

「覚えてるよ」

「あれ、倉田の奥さんだったんですね。あの奥さんだけが、小澤園さんのウソの恋人を演じていた……」

「いや。それがそうでもないんだ」

　大塚が言った。

「今日になって思い出したんだが、倉田の奥さんは昔、小澤園に言い寄ったことがあるらしい。当時は女房も生きてたし、小澤園は突っぱねたんだな。倉田の奥さんは、それを根に持ってたんだと思うよ」

「怨念か。ますます怖くなっちゃう」

　夏実が肩をすくめたとき、

「おう。何が怖いんだ」

　鍛冶木刑事がニコニコしながらテーブルに現われた。

「大塚さん、かたづきましたよ」

「そうですか、よかった」

「何がよかったの」

菜々子が口いっぱいに肉を頬張りながら言った。

「村島は尼子だったんだよ」

「え、なに？」

「菜々ちゃんには関係ないよ」

鍛冶木がどさっと椅子に座った。鍛冶木は今まで、結婚詐欺の容疑で村島を名乗っていた尼子を取り調べていたのだった。

「尼子が扱っていた磁気フトンの製造元が、村島氏の会社だったんです。その関係で尼子は村島の名刺を手に入れ、それを女を口説《くど》くのに使っていたわけです」

「そうですか。でもまあ、とにかくよかった。すべてがかたづいて」

大塚がうれしそうに言った。だが、本当はすべてではないのだった。みんなに言うつもりはないが、峡平は知っていた。亡くなった小澤園が本当に愛していた女性は……息子にふと洩らしたという、その女性は……。

「どうしたんですか、ニヤニヤして」

夏実が不審そうな顔を向けた。

「いや」

峡平は笑った。その女性は息子の嫁さんだった。四つの答えがみんな違ってて——菜々子の言葉が浮かんだ。そうだ、そういうことだってあるのだ。

ストリーキング殺人

一

木の芽どきは頭のおかしな人間が増えるというが、商店街では犯罪が増える。春休みで暇を持てあました悪ガキどもは万引き、かっぱらいで暇をつぶし、春の定期異動で当てが外れたサラリーマンはやけ酒を飲んで夜中にシャッターにゲロを吐く。店のほうも春の暖かさに気が弛《ゆる》むのか、裏口の鍵を閉め忘れてコソ泥に入られたり、商品の搬入のときにちょっと目を離して、路上に置いた荷物を段ボールごと持って行かれたりする。

というわけで、西町商店街では毎年、この時期を春の防犯月間にしていた。「確定申告はお早めに」のポスターを三月十五日限りで剝がしたあと、商店会が用意した防犯ポスターを全店いっせいに貼り出すのだ。

「峡《きょう》さん、ポスターが出来上がったよ」

大塚不動産が坂上印刷と連れ立って佐倉峡平探偵事務所に上がってきたのは、三月十四日の夕方だった。

「できたんですか。どうですか、菜々子は」

「それは見てのお楽しみ」

大塚がニコニコと坂上印刷を振り返った。この二人は、今年から商店会の広報委員を務めている。防犯ポスターの作成は新任の大塚の初仕事で、熱の入れようも尋常ではなかった。デザイン担当の坂上印刷と組んで、ああでもない、こうでもないとアイデアを練り、ついには峡平を口説き落として、菜々子《ななこ》と犬のボレロをモデルに使うのを承諾させたのだった。

「配るのは明日なんだが、まず峡さんに見てもらおうと思ってさ。坂上さんに無理を言って、印刷機から出したてを持ってきたんだ」

「余分に持ってきたから、一枚は家へ持って帰って菜々ちゃんの部屋にでも貼ってくださいよ」

坂上印刷も丸めたポスターを片手に満足そうだ。

「えーと、夏実ちゃん、画鋲あるかな」

「そこの壁に貼るんなら、画鋲より両面テープのほうがいいんじゃないですか。ハイ、どうぞ」

「悪いね。ついでにちょっと下を押さえててくれると助かるんだけどね。……よし、と。どうだい、峡さん」

ポスターを貼り終わった坂上印刷が脇へどく。なるほど、なかなかいいポスターだった。剣道着に身を固めた菜々子が、竹刀《しない》を振りかぶってキッとこちらを睨んでいる。その脇ではボレロが「伏せ」の姿勢で身構えて、今にも飛びかかってきそうなようすである。

「悪いこと、許さない」というキャッチフレーズが、菜々子のりりしい表情によく似合っていた。

「いいわあ、すっごくいい！」

夏実が手をたたいた。

「ねえ所長、いいですよね」

「いやあ、安心しましたよ」

峡平は照れくささを笑いにごまかして言った。

「あのイモ娘がどんなに写ってるかとヒヤヒヤものだったんですが――この写真、宇野カメラの息子さんが撮ったんでしょ。してみると、カメラマンの腕がよっぽどよかったんだな」

「何言ってるんだね。菜々ちゃんは波瑠子《はるこ》さんに似て美人だよ。十年先が楽しみだ」

大塚不動産がまじめな顔で言う。大塚は大の菜々子贔屓なのである。

「菜々ちゃんて、お母さん似なんですか」

夏実が尋ねた。

「前はそうでもなかったが、最近は似てきたね。目も口もきりっとしてるのに、どことなく愛嬌のあるところがね」

「女の子って、どんどん顔が変わりますものね」

ほんとうにそうだ。菜々子は近頃めっきり女の子らしくなった。といっても、変わったのは顔だけで、性格は昔のままのおてんばである。学校の勉強より剣道が大好きで、週に三日、警察の剣道教室に通って竹刀を振り回している。菜々子の将来の夢は女刑事なのだった。テレビの刑事ドラマに出てくるような女刑事になって、悪いやつを捕まえるのが夢なのだ。

「悪いこと、許さない、か」

坂上印刷がポスターの標語をつぶやいた。

「まったく、そうなってもらいたいもんだね。ポスターが出来上がった日にこんなことを言うのも何なんだが、西町商店街の最近の荒らされようときたら、ひどいもんだからね」

「そんなにひどいんですか」

「ああ。今月に入ってもう二件だ」

坂上印刷が言うのは、万引きやかっぱらいではなく窃盗である。西町商店街では、このところ夜中に窃盗に入られる店が続出しているのである。

いちばん最初にやられたのは二宮クリーニングだった。レジを壊されて、中に入っていた金をごそっと持って行かれた。それが一月の半ばである。二月に入るとすぐ、こんどは水谷酒店と島田シューズがやられた。どっちもレジを壊されたうえ、水谷酒店では国産ウィスキーをごっそり、島田シューズでは運動靴だけをこれまたごっそり持って行かれた。

その後も窃盗は週に一度のペースで続いている。警察も見回ってくれてはいるのだが、相手はなかなかずる賢くて、今日にいたってもまだ捕まっていない。

「何てったって、レジを壊されるのが痛いよな」

坂上印刷がいまいましそうに言った。

「村田タバコ店なんか、壊されない用心に、夜はレジを開けっ放しにして帰ってたそうだ。それなのに壊されたんだと」

「どういうことだい」

「警察が言うには、中に金が入ってないんで、腹いせに壊して行ったんじゃないかって。村田のおばあさん、途方にくれてたよ。気の毒に、先月レジを買い換えたばかりだったもんで」

「レジは高いからなあ」

大塚不動産が相づちを打つ。

「どんなに安くても一台十万はするんじゃないか」

「十万じゃきかないだろう。最近のは性能がいいから」

「じゃあ二十万ぐらいかな」

「いやいや。こないだ向かいのコンビニの主人に聞いたら、あそこのは一台三十万だって。バーコード読み取り装置がついてるのは、どうしてもそれぐらいはするらしいや」

大塚不動産も坂上印刷も、レジには縁のない商売である。レジがなければ窃盗に壊される心配もないが、防犯委員としてはそうも言っておられず、「レジには保険をかけるように」という回覧板を町内に回したところだという。

「保険料がもったいないからって、入ってない店も多いんだ。おかしなことに、そういう店がやられるんだな」

「昔と違って、店と住まいが別々のうちが大部分だからね。夜はどうしても目が届かないんだよ」

「でも、同じところに住んでたらもっと危険かもしれないですよ」

峡平は口をはさんだ。

「今の話を聞いていると、西町商店街を荒らしてる窃盗は、ふつうの窃盗と違うんじゃないですか？　宝石屋とか時計屋とかが狙われるんならわかるけど、やられたのはタバコ屋とか靴屋とか酒屋とかでしょう。しかも、レジの現金以外で盗まれたのは……」

「運動靴と国産ウィスキーだけ、ときている」

坂上印刷があとを引き継いだ。

「水谷酒店も島田シューズも、それをいちばん不思議がっているんだよ。高い吟醸酒や革靴には見向きもしなかったって」

「西町署の鍛冶木《かじき》刑事の話だと、犯人は外国人の窃盗グループじゃないかって言うんだ。中国人か香港人の……やつらには、そういうものを捌《さば》く特別のルートがあるらしいよ」

「そうでしょうね。でないと話の辻褄が合いませんからね」

大塚の話に峡平もうなずく。

「どっちみち、商店会の夜回りは強化しなきゃいけませんね。防犯月間に窃盗にやられたら、西町商店会の沽券《こけん》にかかわりますから」

「そうそう。夜回りって言えば……」

坂上印刷が大塚に意味ありげに目配せした。

「先週の夜回り当番だった菊池模型が、バブル寺の角でとんでもないものを見たらしいじゃないか」

「バブル寺って、あの真泉寺のことかい。とすると、首を吊っただいこくさんの幽霊でも出た三十になるやならずの女が、素っ裸で商店街のほうへ歩いて行ったんだと」

「菊池模型も、最初はてっきりそうだと思ったらしいんだが——出たのはもっと若かったと。

のかね」

二

真泉寺は西町商店街の中ほどを少し入ったところにある、さして大きくもない寺である。

この寺が「バブル寺」と呼ばれるのにはわけがあった。あの時代、町中の寺といえば、事業欲に目覚めた住職がお題目代わりに敷地の有効利用を唱えるケースが目立ったものだ。境内を貸し駐車場にしたり、本堂をビルに建て替えて上階をマンションにしたり、ひどいのになると墓地を整理して納骨堂をおっ建ててしまう寺もあったというが、真泉寺の住職も同様だった。境内にあった幼稚園を、「子供数減少による経営悪化」を理由に廃園にし、ついでに墓地の一部を整理して、跡地に貸しビルを建てようとしたのだ。

だが、その目論見《もくろみ》はもろくも崩れた。園児の保護者や檀家の反対を押し切って幼稚園を無理やり廃園にしたのまではうまく行ったのだが、いざビルを建てる段になってバブルがはじけ、金を貸してくれるはずだった銀行が手を引いたのである。

そのショックもあって、住職は心筋梗塞を起こしてあっけなく死んでしまった。町の連中は「仏罰だ」と言って同情もしなかったが、仏様は西町の住人よりさらに不人情であった。寺を継ぐはずだった跡取り息子が「坊主はイヤだ」と言って、アメリカへ行ってしまったのだ。

一人残っただいこくさんは、「寺を空けるように」という本山《ほんざん》からのたび重なる要請にも首を縦に振らず、業《ごう》を煮やした本山が新しい住職を送り込んでくると、泣く喚くの大騒ぎで抵抗した。それでもダメだとなると、ついには廃園となった幼稚園の入口の鴨居に紐を掛け、首を吊って死んでしまったのである。

新任の住職はほうほうの体《てい》で逃げ出した。本山は真泉寺に行ってくれる別の坊さんを探したが、前の住職の奥さんが執念を残して縊《くび》れ死《じ》にしたような寺に赴任してもいいと言うような、奇特な坊さんは現われなかった。

以来、真泉寺は住職なしの空き寺である。檀家が交代で墓地の掃除はしているものの、本堂は荒れ、塀は崩れ、門の脇にある幼稚園は屋根瓦もペンキのゾウさんの絵もボロボロにはげ落ちて、見るも無惨なありさまを呈している。

「あとでわかったんだが、息子が逃げ出したのも、じつはバブルだったんだな」

坂上印刷が言った。

「あの息子、寺の財産を抵当に入れて株をやってたんだ。バブルがはじけて、株はもちろん大損だ。そこへきて頼りの親父が死んじまった。住職の親父が死ねば、本山から財務調査が入るだろ。で、怖くなった息子は雲を霞と逃げ出したってわけだ」

「おっかさんを置いてけぼりにしてね」

大塚不動産が付け加えた。

「そう考えると、あのだいこくさんも気の毒だよ。あんなふうに寺に居座ってたのも、息子の不始末を本山に知られたくない一心だったんだから」

「大塚さん、そりゃあちょっと人がよすぎるよ。あたしが聞いたところだと、幼稚園をつぶしてビルにするって案は、だいこくさんが考えついて住職の尻をたたいたって言うぜ」

「噂だろ」

「火のないところに噂は立たないってね。あのだいこくさんがケチなのは、町内じゃ有名だったよ。豆腐一丁買うにも水槽をぐっと睨みつけて、いちばんデカそうなのを選んでたもの」

「あたしもそれは知ってるがね。死んだ人を悪く言うのはどうも……」

「死に方も死に方だしってか。悪口を言うと化けて出そうってか」

「坂上さん、化けて出たのは裸の女なんでしょ」

夏実が口をはさんだ。話が横道にそれてしまったので、じれったくて我慢できなくなったのだ。

「その裸の女、本当に幽霊じゃなかったんですか」

「菊池模型が歩いてたって言うところを見ると、幽霊じゃないだろう。幽霊なら脚がないから歩けないよ」

「でも、今は三月の半ばですよ。ストリーキングするにはちょっと寒すぎますよ」

「夏実ちゃん、やけに裸に興味があるみたいだな」

大塚不動産に混ぜっ返されて、夏実の頬が赤くなる。夏実のこういうところが、大塚や坂上印刷といった商店街の年配連中に可愛がられる理由だ、と峡平は思った。

いや、峡平だって「可愛いな」と思うのだ。元気がよくて、物怖じしなくて、峡平に対しても自分から積極的に迫ってくるくせに、夏実には妙にウブなところがある。迫っている自分が照れくさくて、腰が引けているようなところがある。

だからこそ、峡平は夏実に迫られても何もできない。しようという気が起こらない。夏実の照れくささが迫られるこちらにも伝染してきて、どうにもこうにも恥ずかしい。

「夏実ちゃんは、裸に興味があるわけじゃないと思いますよ」

峡平は言った。坂上印刷がこの話を口に出したときの、意味ありげな目つきが頭に引っかかっていた。

「大塚さんも坂上さんも、隠さずにそろそろ本当のことを言ってくれてもいいんじゃないかな」

「えっ」

「俺たちは別に……なあ、坂上さん？」

「ああ。峡さんに隠しごとなんかしてませんよ」

「そうでしょうかねえ」

ニヤリと笑って夏実を見る。夏実は「所長、もっと言ってください」という顔つきで峡平にうなずき返す。

「じゃあ聞きますが、坂上さんはどうして裸の女の話をしたあと、すぐに話題を真泉寺のほうに持って行ったんですか？　大塚さんも、あんな衝撃的な話を坂上さんから聞かされたのに、なぜそれ以上聞こうとしなかったんですか？」

「それは……」

大塚が口ごもった。

「参ったな。坂上さん、どうしようか」

「どうするって、しゃべるよりほかにしかたないだろうよ」

坂上印刷が苦笑いしながら頭をかいた。

「元はと言えば、俺が口を滑らせちまったのが悪いんだからな。――ただ峡さん、これはここだけの話にしといてほしいんだがね」

「わかりました。夏実ちゃんもいいね？」

「もちろんです。あたし口は堅いですから、信用してもらって大丈夫です」

「じゃあ言うが……夜中に裸の女を見たって言ってるのは、菊池模型だけじゃないんだ。中村パンと正直堂文具からも、同じ話がきているんだよ」

「同じ女をですか？」

「もちろんだ」

「あら、どうして断言できるんですか」

夏実が身を乗り出してきた。

「三人とも、見たのは夜中なんでしょ。しかもその女の人は、何も着てない素っ裸だったんでしょ。あたし思うんですけど、夜中に裸の女が歩いてたら、それだけで同じ人だと思いこんじゃうんじゃないですか？　裸って、人の区別がつけにくいですもの。ましてや見たのが男の人だとすると……」

「常識で考えれば、そうなんだがねえ」

坂上印刷と大塚不動産が顔を見合わせてため息をついた。

「でも、三人はその女を知っていると言うんだよ。しょっちゅう顔を合わせているから間違いないって」

「と言うと、もしかしたら……」

「そうなんだよ。中村パンも、正直堂文具も、菊池模型も、あの女は西町商店街の——三枝洋品店の奥さんだって言ってるんだよ」

坂上印刷が吐き捨てるように言う。その言い方は怒っているようでもあり、同時に困惑しているようでもあった。

「坂上さん。菊池模型もやっぱりそう言ってるのかね」

大塚が、同じような困惑した表情を浮かべて坂上印刷を見やった。

「うん。あいつがいちばん言い張ってるな」

坂上印刷がうなずいた。

「菊池模型は、どうやらあの二人から当《あ》て推量《ずいりょう》を吹き込まれてたみたいなんだ。で、真泉寺の角で女を見ると、そっとあとを付けて行った。そうしたら、その女は三枝洋品店の裏口のあたりでフッと消えたって言うんだ」

「ふん、バカバカしい」

「あたしもバカバカしいと思うよ。しかし……」

「しかしじゃないよ。あんたはそういうところがダメなんだよ」

「何がダメなんだい」

「菊池模型の話を真《ま》に受けるところがだよ。どうしてはっきり否定しなかったんだね。そんなバカな話は信じられないってさ」

「そう言うけど、頭ごなしに〝あんたの話は信用できない〟なんて言えないだろう」

「言ってやりゃよかったんだよ」

「大塚さん、そりゃないだろう」

どこでどう行き違ったのか、二人は今や喧嘩腰である。と、横で成り行きを見ていた夏実が勢いよく立ち上がった。

「お茶入れますけど、コーヒーと日本茶とどっちがいいですか」

「え？」

「お茶ですよ。何か飲んで、中入りにしてくださいよ。西町商店街の親友同士が角突《つの》き合わせてるところなんか、あたし見たくないもん」

大塚に、次いで坂上印刷にニッコリ笑いかけると、夏実は大股で部屋を出て行った。残った二人は照れくさそうだ。

「参ったね」

「まったくだ。——しかし、いい子だね」

「だろう。あんないい子はめったにいないよ。そう言って峡さんにけしかけてるんだけど、この男よっぽど堅物なのか、モーションかけられても知らんぷりなんだ」

「もったいない。俺なら二つ返事だがね」

「ダメダメ。あんたはカミさんがいるじゃないか」

「カミさんなんかかまわないよ」

「恋女房によく言うよ」

喧嘩になるのも早いが、仲直りもやけに早い二人である。大塚と坂上印刷は小学校以来の付き合いだというが、幼《おさ》な友達とはこうもお互いに言いたいことを言えるものかと、ほほえましい気分になってくる。

「峡さん。のんびりしてるとトンビに油揚げをさらわれちまうよ」

大塚が峡平を肘でつついた。

「近ごろ珍しい、極上の油揚げだよ」

坂上印刷までがニヤニヤと峡平を睨んでいる。

「それより、さっきの続きを聞かせてくださいよ」

話題をそらしたくて峡平は必死だ。

「三枝洋品店の奥さんて、あの、ほっそりしたきれいな奥さんのことですよね」

「夏実ちゃんも可愛いよ」

「あの奥さんよりグラマーだし」

「若いし」

「体力もありそうだし」

「お待ちどおさま——誰が体力ありそうなんですか」

コーヒーのいい匂いと一緒に夏実が戻ってきた。夏実は三人の前にカップを並べると、自分もひとつ取って窓際の椅子に陣どる。土橋家具のバーゲンで買ったその椅子は、ビニール張りで見かけこそ安っぽいが、座り心地がめっぽういいのである。

「コーヒーどうですか。濃すぎないですか」

「ちょうどいいよ。喫茶店で飲むみたいに旨いよ」

坂上印刷が目を細めて言った。

「よかった。ところでさっきの話の続きですけど……」

「どの話だっけ」

「菊池模型さんが、裸の女が三枝洋品店の裏口へ入って行ったっていう」

夏実の言葉に、大塚が「ほら、これだ」と坂上印刷の腕をつつく。

「聞いたかい。探偵見習いの夏実ちゃんでさえ、〝フッと消えた〟が〝中へ入った〟に変わっちまってるんだ。噂ってのは、こうやって尾ひれがついて行くんだよ」

「あ、そうだった。すいません不注意で」

「謝ることはないがね。あたしが心配してるのは、三枝洋品店の奥さんにヘンな噂が立つことなんだ。あの奥さんは神経が細いから、そんな噂が耳に入ったらどうなるかわからないよ」

「あの奥さん、そんなにナイーブな人なんですか」

峡平は口をはさんだ。行きつけというほどではないが、三枝洋品店では何度か買い物をして、奥さんとしゃべったこともある。そのときの印象は、もの静かだが芯は強そうだ、というものであった。

ほっそりした日本風美人のうえに口数が少ないので、第一印象は大人しそうに見える。しかし、その身内《みうち》には、こうと決めたらあとに引かない強さがあった。「こういう奥さんを相手では、値引きを頼むのは無理だな」と、安物のワイシャツを買いながら峡平は思ったものである。

それに引き替え、三枝の主人のほうはがっちりした体格のわりにどこか気が弱そうだった。

「靖子」「靖子」と呼びかけるようすから、奥さんにぞっこんなのが見て取れた。峡平がそれを伝えると、

「そこまでわかるとは、さすが探偵さんだね」

坂上印刷と大塚がうなずき合った。

「あの奥さんは、結婚前は駅の向こう側のスナックに勤めていたんだ。三枝洋品店はそのスナックに飲みに行って奥さんを見そめて、おっかさんの反対を押し切って結婚しちまったんだよ」

「スナックって言っても、おかしな店じゃなかったのにな。おっかさん、何が気に入らなかっ

たんだろうな」

「スナックだろうと銀行だろうと気に入らなかったろうよ。可愛い可愛い一人息子に嫁さんがくるってのが気に入らないんだから」

そこまで言ってから、二人揃って黙り込んでしまったのはなぜか——峡平は「どうしたんですか」とは訊かなかった。こういうときには訊かないほうが、かえってしゃべりたくなるものだ。

峡平の思いを察したのか、夏実も知らんぷりでコーヒーを口に運んでいる。大塚と坂上は居心地悪そうにもじもじしながら、お互いに相手の腹のうちを探っている感じである。

「言っちまうか」

坂上印刷がやけっぱちみたいな声を出した。

「ここまでしゃべったんだからな」

大塚が相づちを打った。

「じつは、三枝洋品店の奥さんには前科があるんだよ」

「ストリーキングのですか」

「いや、夢遊病のだ。あの奥さん、お姑さんにさんざんいびられてノイローゼになっちまってね。夜になると布団を抜け出して、フラフラ外を歩いてたんだ。本人は何もわからないんだから気の毒な話さ」

「あとになって訊いてみると、旦那はぜんぜん気がつかなかったって言うんだからな」

「あの交通事故がなかったら、いつまでたっても気がつかなかったんじゃないかね」

三枝洋品店の奥さんは、夢遊病で夜中に外を歩き回っているうち、国道でトラックに轢《ひ》かれそうになったのだという。さいわい怪我はたいしたことがなかったが、その時点ではじめて夢遊病だということがわかって、病院に入院したのだという。

「お姑さんはカンカンに怒って離婚させようとしたが、息子がうんと言わなかったらしいね」

「ちょうどお腹に赤ん坊がいたからね。いなかったら無理やりにでも離婚だな」

「でもまあ、何ごともなくてよかったよ」

「入院中にお姑さんが死んでくれたからね」

「そう言えば、あのお姑さんも心筋梗塞だったな」

「真泉寺の住職と一緒でね」

「人を呪わば穴二つ、とはよく言ったもんだよ」

「まったくだ」

今や二人の呼吸はぴったりである。しゃべり出すまではさんざんしぶっていたが、本当は峡平に話したくてたまらなかったのだということがわかる。

「しかし、お二人はどうしてその話を知ってるんですか」

峡平が訊ねると、

「ああ、そのことか」

坂上印刷が上目遣いでニヤリと言った。

「奥さんを轢きそうになったトラックを運転してたのが、このあたしだったからさ。ちょうど暮れで、印刷屋は徹夜徹夜の時期でね。あの晩も、刷り上がったばかりのカレンダーを倉庫に運んだ帰りだったんだ」

三枝洋品店の奥さんが入院していたのは、ほぼ半年間だった。そのあいだにお姑さんが死に、奥さんは病院で赤ん坊を産み、ゴタゴタは家族が入れ替わるかたちで決着がついた。それからは奥さんの病気が出ることもなく、三枝洋品店は親子三人で円満にやっているという。トラックを運転していたのが坂上印刷だったことで、奥さんの秘密は守られたのである。

「だからこそ、今度のことがよけい心配なんだよ」

そう言うと、坂上印刷はいまいましそうに舌打ちした。

「菊池模型といい、正直堂文具といい、町内じゃ有名なおしゃべりでね。町内の冠婚葬祭についちゃ、回覧板を回すよりあの二人にしゃべったほうが早いって言われてるくらいなんだ」

「うわ、イヤな人たち！」

夏実がブルッと身ぶるいして見せた。

「でも、今度のことは三枝洋品店の名誉がかかってますよ。へたな噂を流したら、人権問題になるんじゃないですか」

「あたしもそう言ってやつらを脅かしといたがね」

坂上印刷が肩をすくめてそう言ったとき、電話のベルが鳴った。「佐倉峡平探偵事務所です」とすまし声で受話器を取った夏実が、「あ、菜々ちゃん」と言ってぺろりと舌を出す。

「ごめんごめん。忘れてたわけじゃないんだけど……うん、今すぐ出る。もうちょっとだけ待ってて」

そこまで言うと、夏実は受話器を置いてコート掛けに飛びついた。

「所長さん、菜々ちゃんに怒られちゃいました」

「そうみたいだな」

笑いながら壁の時計を見る。大塚不動産たちがきたのは五時過ぎだったのに、今は七時十五分前である。

「夏実ちゃん、今日は菜々ちゃんとデートかい」

大塚不動産がニコニコしながら言った。

「そうなんです。明日が確定申告の締切りでしょ。所長は今夜じゅうに申告書類を作らなくちゃいけないんで、あたしがマンションに行って晩ご飯作ってあげるって約束したんです——あ、そうだ。このポスター頂いて行きます。お先に失礼します」

春らしい淡い黄色のコートを羽織った夏実が、峡平たちの間をすり抜けて、小走りに事務所を出て行く。まるで大きな西洋タンポポが駆け抜けていったようである。

「俺たちもそろそろ帰るか」

大塚が気の抜けた声で言った。

「そうだな」

坂上印刷も立ち上がった。

「峡さん。さっきの話、くれぐれも内緒に頼むよ」

「もちろんですよ」

「あの奥さんも気の毒にな。せっかく静かな暮らしをしてるのに、あんな噂を立てられたらたまらないだろうになあ」

　小声でぶつぶつ言いながら、二人も出て行った。峡平はコーヒーカップをかたづけると、事務机の上に載っている確定申告の封筒を横目で見た。今夜は長い夜になりそうだ。

三

　峡平が世の中でいちばん苦手とするものは、中華料理のナマコと確定申告である。さいわいにしてナマコはこちらからご免蒙《めんこうむ》れるが、確定申告だけはどうしても避けて通れない。

　年に一度のこの苦行を、峡平は例によって一日延ばしにしてきた。去年の四月から夏実がきてくれるようになって、領収証のある経費は彼女がまとめてくれている。それだけでずいぶんラクになるはずだと踏んでいたが――もしかしたら丸一日でかたづくのじゃないかと、図々しくも考えていたのだが――、やはりそう甘くはなかった。けっきょくは例年どおり、期限前日の今日まで溜め込んでしまった。

「こんなことしたってどうせ赤字なのにな」

　机の上に積み上げた資料をうらめしく眺めながら電卓を引き寄せる。税金を払うほど儲かっていない峡平としては、確定申告などいまいましいだけなのである。

それでも気を取り直して電卓をたたき始めたときだ。机の端に押しやった電話機が、ビックリするほど大きな音で鳴った。

「はい、もしもし」

腰を浮かせて受話器を取ると、

「佐倉さん？　おたく、探偵の佐倉峡平さん？」

あたりをはばかったような男の声が、おずおずと峡平の名を言った。

「そうですが」

「よかった、いてくれて。ところで、そこには今誰かほかの人がいますか」

「いえ、私一人ですが」

「本当に一人でしょうね。大塚不動産なんかがきてるんじゃないでしょうね」

電話の声はあくまでも疑り深い。

「本当に一人ですよ。ご心配なら、確かめにおいでになったらいかがですか」

この手の電話には慣れていた。町内の人間が峡平に仕事を頼むときは、たいてい同じことを言うからだ。こういうときに急いで相手の名前を訊いてはいけない。向こうは何か困ったことがあって電話をかけてきているのだが、その困りごとを近所に知られるのをいちばん恐れているからだ。

「そうだなあ……でもまだ人通りがあるし」

「よかったら私がそちらへ伺いましょうか」

「と、とんでもない。そんなことされたら噂がまたひどくなっちゃうよ」

噂？　峡平は受話器を持ち替えた。そうか、すると電話の主は――〝三枝さん〟と口まで出かかったのをあわてて押さえて、峡平は黙る。黙っていたほうが向こうがしゃべりやすくなるのは、経験から承知している。

「……もしもし？」

電話の向こうから心配そうな声が聞こえてきた。

「じつはそのう……調査してもらいたいことがあるんだけど」

「うちは浮気調査とペット探しはしないことにしているんですが」

「いや。そういうんじゃなくて……私のお願いしたいのは……」

三枝洋品店は言いにくそうだ。

「噂、とおっしゃってましたね？」

峡平は助け船を出した。

「そ、そうなんです。うちの家内について、悪質な噂が流れていまして」

「失礼ですが、どちら様ですか」

「三枝です。西町商店街で紳士用品を扱ってる三枝です」

やっと名乗った三枝洋品店は、もうあとには引けないと覚悟したらしい。それと同時に堪《こら》えていた感情がこみ上げてきたのか、怒鳴りつけるような声で、「佐倉さんも聞いてるんでしょ」

と言った。

「はあ？」

「女の露出狂の噂ですよ。聞いてるんでしょ。言っときますが、あれはうちの家内じゃありませんからね。うちのやつが何で夜中に裸で外を歩かなきゃいけないんです？　バカを言うにもほどほどにしてもらいたいもんだ」

「三枝さん、落ち着いてくださいよ」

「落ち着けですって？　あんたは当事者じゃないから、そんなことが言えるんですよ」

「それはそうですが……」

「だったら意見がましいことは言わないでもらいたいですね。あの露出狂がうちのやつじゃないってことは、私がいちばんよく知ってます。毎晩同じ部屋に寝ているんですよ。夜中に出て行ったら、私が真っ先に気がつきますよ」

「おっしゃるとおりですね。でも、噂が間違っているんなら、いずれみんなにもわかるんじゃないですか」

「とんでもない。噂なんて、一度出たら本当かどうかなんて問題じゃないんだ。面白ければいいんだ」

三枝洋品店はしゃべっているうちにますます興奮してきたようである。最初のおどおどさは跡形もなく消えて、電話の声は峡平の耳たぶを食いちぎりそうな勢いだ。

「佐倉さん、私は口惜しいよ。うちのやつを貶《おとし》めるような人間は、皆殺しにしてやりたいよ」

「その気持ちはわかります」

「だったら証明してくれよ。金はいくらかかってもいいから」

「三枝さんがおっしゃりたいのは、その露出狂の女性を捕まえて、奥さんではないと証明しろ、ということですね？」

「それは……」

三枝洋品店の声がふたたび小さくなった。

「私がお願いしたいのは、その、そういう角《かど》の立ったやり方じゃなくて……。どうも、電話だと話しにくいな」

「よかったらこちらにおいでになりませんか。アシスタントも帰しましたし、今夜は誰もきませんから」

「でも、お宅の事務所に入るところを商店街の連中に見られたら、また何を言われるかわからないし」

さっきの強気はどこへやら、三枝洋品店はウジウジと言い訳を繰り返している。それを聞きながら、峡平は大塚不動産の言葉を思い出していた。三枝の奥さんが若いころ夢遊病になったのも、つまりは旦那が頼りにならなかったからではないか？

「奥さんの名誉の問題なんでしょう？」

「それはそうだけど……」

「ではぜひおいでください。どういう方法なら角が立たないかを、きちっと打ち合せておく必要がありますから」

「遅い時間でもいいですか」

「私のほうはかまいません」

「じゃあ今夜の十時……いや、十時半に伺います。その時間なら商店街は閉まってるし……」

電話が切れた。峡平は机の上の報告書の束《たば》を見、壁の時計を見た。時間は八時、今帰れば菜々子や夏実と一緒に夕食が食べられる。十時過ぎにこっちへ戻ってくれば三枝洋品店との約束には間に合う。

なに、一日二日確定申告書を出すのが遅れたって、すぐさま差し押さえがくるわけでもないだろう。

「ダメダメ」

首を振って誘惑を断ち切ると、峡平はふたたび電卓を引き寄せた。三枝洋品店の依頼を引き受けたら、確定申告なんかやってるヒマはなくなる。国民の義務はさておき、夏実に給料を払うためにも、今夜は頑張らねばならないのだった。

根性を入れて計算と取り組んだおかげで、確定申告の書類は、三枝洋品店と約束した十時半にはみごとに書き上がった。けれど十時半が十一時になっても、当の三枝洋品店は現われなかった。

「気が変わったのかな」

峡平は首筋を揉みながら、自動販売機で買ってきた缶コーヒーに口を付けた。本当はビールが飲みたかったが、三枝洋品店がくることを考えて我慢したのだ。

このまま待ってもし三枝がこなかったら、せっかくの我慢もムダだったことになる。といって、ご町内の仕事中心にやっている佐倉峡平探偵事務所としては、約束を破ったと言って三枝を責めるわけにも行かないのである。

遠くからパトカーのサイレンが聞こえてきた。峡平は空になったコーヒー缶をゴミ箱に投げ入れると、窓を開けて下をのぞいた。

サイレンはどんどん近づいてくる。駅前ロータリーに赤い光が走って、じきにパトカーそのものの姿も見えてきた。後続の黒い車も一目で警察の覆面車だとわかった。

パトカーは覆面車を引き連れて峡平の事務所の下を通り抜けると、スピードを落として、車両通行禁止の西町商店街のアーケードへと入って行く。まばらになった通行人が立ち止まって、何ごとが起きたのかとパトカーを見送っている。

サイレンの音が止《や》んだ。立ち止まっていた通行人の何人かが、商店街の奥へ向かってバラバラと走り出した。

「離れてください。離れてください」

メガホンの声が聞こえる。緊迫したその声は、どうやら酔っぱらいを保護したという程度ではなさそうである。

峡平は窓を離れると、商店街で何が起きたのか、ちょっと覗きに行くことにした。さっきから一時間も待っているので、退屈でやりきれなかったのだ。

「じきに戻ります」と走り書きをした紙をドアに貼り、鍵を持って外に出る。パトカーが停まっているのは、アーケードの中ほどだった。警告灯の赤い光がぐるぐる回りながらアーケードのガラス屋根に反射していた。その下はかなりの人だかりだ。

「あそこは……！」

峡平の心臓がギュッと締まる。野次馬が取り巻いているその上に、「メンズショップサエグサ」という看板が見えたからである。

急いで走り寄ると、警官がロープを張っているのは間違いなく三枝洋品店だった。峡平は野次馬を押しのけるようにして前へ出た。店のシャッターが半分ほど開いて、奥から蛍光灯の明かりが洩れている。

ロープの内側に、新米らしい若い警官に付き添われて、夜回り当番の腕章をつけた村上時計店と石井建材店が立っているのが見えた。二人とも顔色が真っ青だ。

「村上さん」

峡平は大きな声で呼んだ。

「ああ、佐倉さん」

村上時計店がこっちを見て泣きそうな顔になった。

「佐倉さん、大変なんだよ。石井さんと夜回りをしていたら、三枝洋品店の裏口が開けっ放しになっていたもんで……」

「ちょっとしゃべらないで！」

付き添いの警官に居丈高《いたけだか》に遮られて、村上時計店がピクッと縮み上がる。

「あんた誰？」

警官がつかつかと峡平のそばに近づいてきた。

「佐倉峡平探偵事務所の佐倉です。三枝洋品店で何があったんですか」

「あんたに説明する必要はないね。さ、あっち行って」

そう言うと、警官は汚いものでも追い払うような手つきをして峡平を睨んだ。この若さで、警察の悪いところだけを身につけてしまっているのだ。

こんなのを相手にしても始まらない。峡平はあたりを見回して鍛冶木刑事の姿を探した。悪い予感がする。いや予感ではなく、峡平の中ではほとんど確信になっている。

「峡さん」

背中をつつかれて振り向くと、菜々子が興味津々の目をして、峡平と三枝洋品店の半分開いたシャッターを交互に眺めていた。もちろんボレロも一緒だ。その後ろには、夏実がニコニコ笑いながら立っている。

「何だ、出てきちゃったのか」

「さっきパトカーが通ったでしょ。ボレロがパトカーのサイレンの音に興奮しちゃって、うおおん、うおおんて遠吠えしてうるさくてしょうがないから、ちょっと静かにさせようと思って」

「もう静かじゃないか。帰りなさい。子供がこんな時間に外にいるものじゃないよ」

予感がふくらんでくる。菜々子にこの予感が現実になる場面を見せたくないと思う。

「三枝君ち、どうしたんだろ」

「え？」

「ここ、菜々の仲良しの子のお店なんだ。――三枝君のこと、峡さんに言わなかったっけ？」

そう言えば、だいぶ前にそんな話を聞いたことがあった。同じクラスのいじめられっ子を菜々子が助けたのがきっかけで、その子と仲良くなったというのだ。

「三枝君てすっごく可愛い顔してるんだよ。喧嘩は弱っちいんだけど、気がやさしくてとってもいい子なの」

「へえ。じゃあ菜々公と正反対だな」

「どういう意味よ」

「喧嘩は強いけど、性格がおっかないからさ」

「イーだ。峡さんの意地悪」

「でも共通点もあるな。菜々公もなかなか可愛い顔してるからな。ただし寝てるとき」

「言ったな！　峡さんのバカ」

そんなおしゃべりをしてふざけ合ったのは一年ほど前だったか。とすると、今菜々子が心配そうな顔をするのも当然だ。

「あ、鍛冶木刑事さんだ！」

菜々子がシャッターを指さして叫んだ。半開きのシャッターから背中を丸めて出てきたのは、なるほど確かに鍛冶木刑事だった。

「鍛冶木さん、こんばんは」

「やあ、菜々ちゃんか」

鍛冶木刑事が困ったような表情で菜々子に笑いかけた。

「どうしたんだ、こんな夜遅くに——、おや、峡さんも一緒なのか」

「あたしも一緒ですよ」

夏実が菜々子の肩に手をかける。

「それにボレロも。鍛冶木さん、何か事件ですか？」

「うん……」

口を濁した鍛冶木刑事は、菜々子に話を聞かせたくないのである。峡平は夏実の腕を引っ張った。

「夏実ちゃん、悪いけど……」

「ハイ、わかってます」

そう言うと、夏実はふいに後ろを振り向いて、大きな声で「あ、猫！」と叫んだ。菜々子の脇で「おすわり」の姿勢をとっていたボレロが、ピクッと躍り上がった。

「ボレロ、どこ行くの！」

菜々子が制止したがすでに遅く、ボレロは夏実が指さした方角にすっ飛んで行く。猫はボレロの天敵で、最大の弱点なのだ。猫という言葉を聞いただけで頭がカーッとなって、どこまでも追いかけて行かずにはいられなくなるのだ。

「ボレロ、待ちなさい。こらっ」

こうなっては菜々子もボレロの後を追いかけて行くほかはない。

「所長、あたしも行きますから」

夏実がニコッと笑って駆け出して行く。鍛冶木刑事はあっけにとられたようすで、夏実が走って行く後ろ姿を見送っている。

「何だい、ありゃ」

「菜々子を追っ払ったんですよ。――ところで」

峡平は声をひそめた。

「お話ししておかなければならないことがあります。じつは今夜、三枝洋品店のご主人が僕の事務所を訪ねてくるはずだったんです」

「そうか。時間は？」

「十時半の約束でした」

「とすると、犯行の時間はそれより前ってことだな」

「じゃあやっぱり……」

峡平が言いかけたとき、ガラガラとシャッターが開く音がして、中からグレーの作業服を着た鑑識の係員たちが担架をかついで現われた。鍛冶木刑事の返事は必要なかった。担架に乗せられた、毛布をすっぽりかぶった物体が、何よりも雄弁に事態を物語っていた。

担架に向かって合掌すると、鍛冶木刑事が峡平の顔をじっと見つめた。

「即死だ。凶器はピストル。レジが荒らされて、店の品物もやられている」

四

「赦《ゆる》さないからね。ぜったいに赦さないからね！」

おかっぱ頭を振り立てて菜々子が叫んだ。

三月十四日の深夜である。菜々子はベッドにも入らずに峡平を待ち構えていた。夏実の協力でどうにか現場から追い払ったものの、帰る途中で三枝洋品店が殺されたという噂を聞きつけてしまったらしい。

「峡さん、稔《みのる》くんのお父さんを殺した犯人を捕まえて。すぐに捕まえて」

「そんなこと言ったって、犯人を捕まえるのは鍛冶木刑事さんの仕事なんだよ」

「峡さんだって探偵じゃないか。探偵が犯人捕まえたっておかしくないじゃないか」

菜々子の目に涙が光っている。その涙の意味は、峡平にはわかりすぎるほどわかっていた。

菜々子は仲良しの稔のお父さんが殺されたから逆上しているのではない。突然の死によって母親を奪われた菜々子自身の怒りが、事件をきっかけに噴き出してきたのだ。

「菜々公、落ち着けよ」

菜々子の後ろに回って肩に手をかけた。菜々子の顔を見ていると、波瑠子が死んだと知らされたときの、あのどうしようもない怒りが峡平にもよみがえってくる。

菜々子にとっては母親だが、峡平にとっては愛する女だった。事件は、母を喪《うしな》った少女と恋人を喪った男が二人してつくってきた静かな暮らしのかさぶたを、するどい爪でひんむいてしまった……。

「どうして落ち着けるのよ。稔くんのお父さんが殺されたんだよ。稔くん、お父さんがいなくなっちゃったんだよ。ひどいよ……そんなの、ひどすぎるよ」

菜々子がくるっと向き直ると、峡平の胸におかっぱ頭をうずめた。細っこい肩が小刻みにふるえている。峡平のシャツのみぞおちのあたりに、熱いものがしみてくる。いたたまれなくなって顔をそむけると、キッチンのドアのところに立っている夏実と目が合った。夏実はくたびれ果てて帰ってきた峡平の顔を見るとすぐ、立ち上がってキッチンへお茶を入れに行ったのだった。

「菜々ちゃん、大丈夫よ」

目は峡平に当てたまま、夏実が言った。

「峡さんは、きっと犯人を捕まえてくれるわよ。菜々ちゃんのお友達のお父さんを殺した犯人ですもん。ふつうの事件と違うんですもん。……ね、そうですよね、所長？」

「しかし……」

反論しかけた峡平に、夏実が首を振る。きっぱりした、それでいて気遣わしそうな表情である。

「そうとも」

峡平は言った。菜々子がパッと顔を上げた。

「ほんと？　ウソじゃない？」

「峡さんがウソついたことあるかい」

菜々子の額をつつきながら、一度脱いだ上着を椅子の背からはずす。

「二回くらいあったと思うけど……まっ、いいか」

ニッコリした菜々子は、もうふだんの菜々子に戻っていた。噴き出た怒りの痕跡は、涙でひっついた睫毛と少し腫れたまぶただけだ。

「菜々ちゃん」

夏実が菜々子の肩に手を置いた。

「所長は世界一の探偵よ。依頼人が殺されて黙ってるような、やわな根性はしてないわよ。――あら、どこへ行くんですか」

「警察だよ」

上着のポケットに玄関のキーをすべり込ませると、峡平は二人に笑いかけた。

「世界一とまで言われちゃ、こっちも鍛冶木刑事に負けないように頑張らなきゃな。犯人はぜったいに捕まえるから、菜々公はもう寝なさい。こんな夜中まで起きてると、明日学校に遅刻するぞ」

「うんっ」

菜々子が元気良く返事した。ご主人様より先にテーブルの下で居眠りをしていたボレロも、

「わんっ」とひと声鳴いて這い出してきた。

「夏実さん、一緒に寝よ」

「残念でした。所長が警察に行くっていうのに、アシスタントがのうのうと眠るわけには行かないでしょ」

「あれっ。じゃあ夏実さんも警察に行くの？」

「トーゼン。世界一の探偵に世界一のアシスタントがついてるんだから、犯人なんかもう捕まったも同然よ」

夏実が指をポキポキさせて言う。一人と一匹がぶじ子供部屋へ引き揚げたあとで、峡平たちはマンションを出た。春とはいえ、三月半ばの真夜中の外気はひんやりと肌寒かった。

「夏実ちゃん、菜々子と寝ててもよかったのに」

峡平は上着の襟をかき合わせた。こんな時間に夏実と二人きりになるのはどうも苦手だ。たとえ外でも、やっぱり苦手だ。

「あら、そうですか」

ミニスカートに薄いコート一枚の夏実は、すました顔で峡平の前をとっとと歩いて行く。寒さも、峡平の心持ちも、ちっとも感じていないようである。

「所長。三枝洋品店さんを殺したのは、やっぱり例の窃盗団なんでしょうか」

「警察はそう見てるようだな。レジが荒らされてたし、店の品物もやられてるということだから」

「でも三枝さんが殺されたの、十時から十時半の間だと言ってましたよね。その時間だとまだ人通りもあるし、窃盗団にしちゃ早すぎるんじゃないですか」

「それが、そうでもないんだな。深夜よりその時間帯のほうが、盗品を運び出すときもかえって怪しまれないからね」

「自警団は見回りしてたんですよね」

「村上時計店と石井建材店がね」

「その二人が警察に通報したんですか」

「うん。一一〇番したのがどっちだかは聞かなかったけど。店の裏口が開けっ放しになってたんで、覗いてみたら三枝洋品店が中で倒れていたんだって」

角を曲がって西町商店街のアーケードに出る。パトカーと野次馬であんなに騒がしかった三枝洋品店前も、三時間たった今は静かなものだった。省エネと経費節減のため一本おきに消灯した街灯の薄暗い光の中に、手持ちぶさたに見張り番をしている制服警官の姿がぼんやりと浮かび上がっていた。

「だけどこの事件、何だかヘンですねえ」

警官の前を通りすぎながら、夏実がつぶやいた。

「プロの窃盗団が人殺しなんかしますかねえ。それもピストルで」

「外国人グループならやるだろうな。日本人ならそんなリスクの高いことはしないもの」

「中国人か香港人の、でしょ。大塚さんの話では、鍛冶木刑事はそう睨んでるみたいですけど……」

「けど、何だい」

「鍛冶木刑事のその考え方、あたし、どうもすっきりしないんです。西町商店街で窃盗にあったの、三枝さんのところがはじめてじゃないでしょ。その前からガンガンやられてるわけでしょ。人殺しをするような荒っぽいグループだったら、もっと前に怪我人ぐらい出てるはずじゃないですか」

「今までにやられたところは運がよかったんだよ。たまたま店に誰もいなかったから」

「それだけかなあ。もっとほかに理由があるような気がするけどな」

夏実はどうしても殺人犯人を窃盗グループと思いたくないらしかった。そうだとすると、事件が当たり前すぎるからである。探偵志望だけあって、夏実は心の底では推理小説に出てくるような複雑怪奇な難事件にぶつかりたくてウズウズしているのだ。

「その理由は、鍛冶木刑事に直接訊ねてみるんだね」

峡平は西町警察署の建物を指さした。殺人事件が起きたばかりとあって、どの窓も皓々と明かりがついている。あの窓のどこかで、鍛冶木刑事はカッカしながら若い部下たちの尻を叩いているはずである。

受付で訊ねると、鍛冶木刑事は案の定、部下と打ち合せ中とのことだった。刑事に連絡を取った警官に、「二階の刑事部屋の前で待っててほしいとのことです」と言われて、峡平は夏実をうながして階段に向かった。

「所長って、西町警察署ではすっかり顔なんですね」

階段を上りながら、夏実が感心したように言う。

「今のお巡りさんも所長にはすごく親切だったし。この分だと鍛冶木刑事さんからもいい情報が聞き出せそうですね」

「夏実ちゃん、甘いよ」

峡平は夏実を振り向いて苦笑いした。

「事件の解決には最初の二十四時間が大切だって言うだろ。警察が三枝さんの死体を発見してから、まだ四時間もたっていないんだぜ。鍛冶木刑事ともあろう人が、そんな大事なときに用もない人間に会ってくれるわけがないじゃないか」

「でも、待っててほしいって言ったんでしょ。所長は鍛冶木さんと仲良しだし、今までにもいろんな事件を一緒にやってるし」

「違うよ。鍛冶木刑事が俺に会うのは、情報をくれるためじゃなくて、俺から情報をもらうためなんだよ。――三枝さんは今夜の十時半、うちの事務所にくるはずだったんだ。調査の依頼にね」

「えーっ、そんなの聞いてない！」

夏実が声を上げた。

「所長、どうしてあたしに言ってくれなかったんですか。どうしてもっと早く教えてくれなかったんですか」

「今教えただろ」

「ひどい！　ねえ、依頼の中身をもっとちゃんと教えてくださいよ。いったい三枝……」

「シッ」

峡平が夏実の腕を摑んだのは、二階の廊下に別の人間がいたからだ。それも子供である。菜々子と同じくらいの年頃の小柄な男の子が、両手のこぶしを膝に押しつけるようにして、廊下の椅子に腰掛けている。

「あの子は……」

夏実が息をのんだ。峡平は黙ってうなずくと、夏実の腕を放してゆっくりと男の子のほうに近づいて行った。男の子は気づかない。首をうなだれ、両手のこぶしを膝に押しつけて、身動きひとつしない。

「きみ、稔君？」

峡平は男の子の肩に手をかけた。

男の子がのろのろと顔を上げた。放心して感情のない目をしていたが、睫毛の長い、女の子のようなやさしい目鼻立ちの子だった。

「三枝稔君だろ。僕は佐倉峡平。菜々公の……じゃない、きみの同級生の梶原菜々子の」

かすかだが、稔の目に感情がともった。

「ああ。菜々ちゃんのホゴシャの」

「保護者？」

「菜々ちゃんがそう言ってましたけど。一緒に暮らしてるけど、峡さんはパパじゃなくてホゴシャだって。パパじゃないけど、その辺にいるふつうのパパよりずっと出来がいいって」

そこまで言って、稔の表情がふいにゆがんだ。

「お父さん……お父さん」

稔はこぶしで口を押さえると、しゃくり上げるように泣き始めた。峡平は稔の横に腰を下ろして待った。菜々子に母親の死を告げたときの経験から、峡平にはわかっていた。最初の衝撃が過ぎて、稔はやっと泣けるようになったのだ。子供の回復力を示す、それはいい兆候だった。

稔は泣きつづけている。「お父さん、お父さん」とつぶやきながら、だだっ子のように泣きつづけている。五分ほど泣くがままにさせておいてから、峡平は言った。

「稔君。菜々は、ママもいないんだよ」

稔の泣き声が止まった。

「でもあいつ、元気だろ。一人で頑張ってるだろ。――だから君も頑張れるさ」

稔が小さくうなずく。しゃくり上げるのはつづいているが、涙の大波は通り過ぎたようだ。

刑事部屋のドアが開いたのはそのときだった。

「お母さん！」

稔がパッと立ち上がった。

五

「ふうん、そういうことだったのか」

話を終えた峡平の顔を、鍛冶木刑事が上目遣いで眺めた。

「美人妻のストリーキングか。そんな噂が流れちゃ、三枝洋品店としてもたまらなかったろうな」

「そうなんです。噂にしちゃ、ちょっと悪質ですからね」

峡平は湯吞みに手を伸ばした。

「でも今も言ったように、あの奥さんには夢遊病の前歴があるんですよ。だから三枝さんも、私のところにくるのを躊躇していた……そんな感じを受けました」

三枝洋品店が今夜十時半に峡平の事務所にくる予定だったことは、現場ですでに報告済みである。

鍛冶木刑事はそのとき、「そっちの線はいずれゆっくり聞かせてもらおう」と言ったのだった。現場の状況から、三枝洋品店を殺したのは窃盗団に違いないと見当をつけていたのだ。

峡平も、おそらくはそうだろうと思っていた。こんな時間に警察に押しかけたのも、三枝洋品店とのいきさつを口実に、鍛冶木刑事から少しでも事件のヒントをもらいたかったからだ。

この手で、三枝洋品店を殺した犯人を捕まえたい。せめてその手伝いをしたい――一晩に二度も子供の涙を見て、今の峡平はあとには引けない気持ちである。

菜々子と稔と、この二人の子供を泣かせたことだけでも、三枝洋品店を殺した犯人を赦すことはできない。

「とすると、ちょっと考えなきゃいかんなあ」

鍛冶木刑事が言った。

「何をですか？」

夏実が身を乗り出した。刑事部屋に招き入れられてから三十分、おとなしく峡平の話を聞いていた夏実だが、そろそろ限界のようだ。

「じつは、村上時計店と石井建材店なんだがね……あの二人、どうも見回りをサボってたらしいんだ」

始まったな、という顔つきで夏実を見ると、鍛冶木がメモを引き寄せた。

「西町商店街の防犯見回りは、午後十時から明け方の四時まで。二交代で三時間ずつだったよな」

「そうです」

「記録によれば、石井建材店から警察に通報が入ったのは午後十一時二分だ。ところがそれより一時間四十分も前の九時二十分に、裏口の戸が開いているのを見たという目撃者があるんだよ」

「さすが警察！　もう目撃者を見つけちゃったんですね」

目を輝かせた夏実に、

「冗談じゃないよ」

鍛冶木刑事が苦虫を噛みつぶしたような顔で答える。

「その目撃者ってのは、西町駅前交番の巡査なんだ。こっちも自転車で夜の見回りをしている最中だったんだが……裏口のドアが開いてるのを見たのに、中を覗きもしなかったんだと」

時間が早いし、中に明かりがついていたので、というのがその巡査の言い訳だった。西町商店街に窃盗事件が多発しているのは重々承知だが、巡査はそんな時間に犯行があるわけがないと思い込んでいたのだ。

「あたしと同じだわ……」

夏実がくちびるに手をあてた。

「こっちはプロだぜ。時間が遅かろうが早かろうが、裏口のドアが開けっ放しになっているのを見たら声をかけるのが常識ってもんじゃないか」

「あら、あたしだってプロですよ。——卵だけど」

夏実が口をとがらせる。

「おっと、そうだったな。ごめんごめん」

「わかってくれればいいです。でも、そうすると犯行時間がだいぶぼやけちゃいますね。ええと……所長が三枝さんから電話を受けたのが七時三十五分。三枝洋品店は閉店が七時半だから、お店を閉めてすぐに電話したわけですよね。三枝さん、それからいったん家に帰ったのかしら」

「奥さんの話だと、帰らなかったそうだ。確定申告の仕上げをしなきゃならないんで遅くなるって電話が入ったって。それからあと、三枝洋品店を見た人間は今のところいないんだよな。というわけで、解剖の結果が出るまでは、犯行時間の特定もむずかしそうだ」

「盗まれた品物のほうはどうなんですか」

峡平は訊ねた。

「いつものパターンだな」

鍛冶木刑事がうなった。駅前交番の巡査のヘマの話をしたときは苦虫を噛みつぶしたような顔だったが、今の鍛冶木はそれ以上だ。丼一杯の苦虫をムシャムシャ食ったような、すさまじい顔つきだ。

「ワイシャツの棚だけがそっくりやられている。一枚だけ残してだ——ちきしょう、警察をナメやがって！」

ドンと机をたたいた鍛冶木刑事に、奥で事務を執《と》っていた若い刑事がビクッとちぢこまる。この分では、峡平たちがくる前に、鍛冶木がそうとう大きなカミナリを落としたことは間違いない。

「夏実ちゃん、そろそろ失礼しようか」

峡平は立ち上がった。夏実はちょっと不服そうな表情を浮かべたが、それでもすぐに峡平のあとにつづいた。

「所長。今夜はあんまりいい情報をもらえませんでしたね」

廊下に出たところで夏実が小声で話しかけてきた。

「鍛冶木さん、だいぶ頭にきてたからなあ」

「おっかなかったですよね。でも、鍛冶木刑事があれだけ怒ったんなら、犯人はじきに捕まっちゃいますよ」

「どっちのだい」

峡平の口から出たのは、自分でも意外な言葉だった。脳の奥のほうで、小さなシグナルが点滅している。

シグナルはだんだん弱くなりながらも、思い出せ、思い出せ……と峡平の意識に必死で合図を送ってくる。

「えっ？」

夏実が足を止めて峡平を見た。

「どっちの犯人だい。——窃盗のほうか、三枝さんを殺した犯人か。それとも……」

「どういうことですか」

シグナルの点滅が消えた。

「俺にもまだよくわからないんだ」

峡平は小さくため息をついた。三枝洋品店が殺された事件は、もしかしたら、見かけほど単純でないのかもしれなかった。

六

　峡平の予感が当たったわけでもあるまいが、事件はそれっきり壁にぶち当たってしまった。菜々子の春休みが始まっても、犯人が捕まったという話は流れてこない。西町公園の桜がほころびる季節になっても、手がかりが見つかったという話すらない。

「警察は何をやってるんだ」

「担当は鍛冶木刑事さんだろ。名刑事も焼きがまわったもんだね」

「こんなことじゃ、三枝洋品店さんも浮かばれないよ」

「窃盗の被害にあった連中だって苦り切ってるよ。このまんまうやむやにされちゃ、たまったもんじゃない」

　西町商店街では、ヒソヒソとそんな話が交わされていた。三枝洋品店の事件以来、窃盗団はピタッとなりをひそめている。鍛冶木刑事をはじめとする西町警察署の捜査陣は地道に仕事をつづけているが、思うような手掛かりもなく、捜査は手詰まり状態のようである。

「おはようございます。——今日はあったかいですね。春っていうより初夏みたい」

　半袖からしなやかな腕を出した夏実が、カーディガンを振り回しながら出勤してきたのは、明日は新学期という日の朝のことである。

「おはよう。こんなにあったかいと、お花見に行く前に桜が散っちゃうね」

峡平たちは、大塚不動産と週末に花見に行く約束をしていた。もちろん菜々子とボレロも一緒だ。

「ほんと。何とか土曜まで保《も》ってくれればいいですけど」

夏実はバッグとカーディガンを椅子の背に放り投げると、鼻唄を歌いながら掃除機を引っ張り出した。

「お花見っていえば、菜々ちゃん、三枝洋品店の稔君を誘うって言ってましたね」

「うん。昨日言いに行ったら、ＯＫしてくれたってさ」

「よかったですね。お母さんも一緒にくればいいのにね」

「そりゃあ無理だろう。ご主人を亡くして一カ月もたたないのに、花見をする気になんかなれないよ」

三枝洋品店の奥さんのことを思い出すと、暖かさに浮き浮きした気分がとたんに沈んでくる。鍛冶木刑事が事件の手がかりをつかめないのと同様、峡平の調べも何の成果も上がっていないからである。

そのことで、峡平は毎日菜々子にせっつかれていた。

「えーっ、今日も捕まえてくれなかったの」

峡平の顔を見るたびに、菜々子はそう言って峡平を責めるのだ。

「どうしてよ。峡さんは約束してくれたじゃないのよ」

「殺人犯人を捕まえるのは、そんなに簡単なことじゃないんだよ」

「わかってるよ。だけど約束は約束でしょ。峡さんはいつも菜々子に、約束はちゃんと守れって言ってるじゃないか」

　菜々子にとって、稔の父親を殺した犯人を捕まえることは、自分の母親をうしなった仇討ちをすることでもあった。それがわかるだけに、峡平はつらかった。

「所長、掃除終わりました」

　夏実が威勢よく言う。

「今日の仕事、何ですか。何でもやりますから指図してください」

「そうだなあ。大塚さんに頼まれた家賃踏み倒しの件も片づいちゃったし、西町小学校の先生の忘れ物も出てきちゃったし……電話帳の整理でもしてもらおうかな」

　うわの空で答えた峡平に、

「所長、ぼんやりしないでください！」

　夏実のきびしい声が襲いかかった。

「このごろの所長っておかしいですよ。急ぎの仕事がないんなら三枝洋品店さんの事件の調査をやればいいのに、ボーッと考え込んでばかりいて。いくら頭使ったって犯人は出てきませんよっ」

「夏実ちゃんも言うなあ」

「言いますよ。今度の事件では、所長も鍛冶木刑事もからっきし元気ないんだから」

　まったくもってそのとおりだ。峡平は頰杖《ほおづえ》をはずして椅子に座り直した。

しょんぼりした峡平を見て、夏実も少し哀れをもよおしたらしい。

「すみません。言いすぎちゃいました」

ぺこんとお辞儀をすると、峡平の右横に自分の椅子を引き寄せた。

「この事件、そんなにむずかしいんですか」

「一見とても単純なんだけどね」

峡平はわずかに左に椅子をずらした。

「窃盗団さえ検挙すれば、殺人事件も解決だ——鍛冶木刑事はそう言っていた。でも、その窃盗団が地面にもぐったように影もかたちもなくなっちゃったんだ。西町商店街だけで八件も被害が出てるのに、目撃者もいない。現場には遺留品も指紋もない。盗品の追跡調査をしても、それらしい品物はどこからも出てこない。それでいて、窃盗団は河岸《かし》を替えたわけでもなさそうだ。東京都内では、あれから似たような商店街荒らしは起きていないって、鍛冶木刑事がこぼしてたよ。同じパターンの窃盗事件が起きれば、それが手がかりになるのにって」

「そう言えば、このあいだ鍛冶木刑事さんが歩いてたのを見かけたけど、あたし声がかけられませんでした。すっかり憔悴《しょうすい》しちゃってて」

夏実がまた少し椅子を右に寄せた。

「でも、所長はべつの線も考えてるんでしょ。例のストリーキングの」

「べつの線ていうほどはっきりしたものじゃないんだけど、どうも気になってね。亡くなった三枝さんのためにもきちんと調べなくちゃと思ってるんだけど……」

窃盗団は出なくなったが、ストリーキングの噂は西町商店街では、まだしぶとくささやかれていた。

終電のとっくに終わった時刻に、誰もいないアーケードを歩いていたという噂もある。深夜、裏通りのコンビニの前を通り過ぎた自転車に乗っていたという噂もある。

中でもとくに声をひそめて語られるのは、三枝洋品店とからめた噂だった。三枝洋品店が殺されたまさにあの晩、裸の女が裏口に入るのを見たというのだ。

「バカバカしいにもほどがあるよ」

峡平に噂を伝えた大塚は、そう言って商店街の雀《すずめ》連中の口さがなさを嘆いた。

「あの晩のことは、警察がしゃかりきになって調べても目撃者が一人もいないんだ。噂が本当なら、鍛冶木さんが黙っちゃいないだろうが」

「まったくですよね。誰がそんな悪質なデマを流してるんでしょうね」

「火元は誰ってはっきり決められないのが、こういう噂のイヤなところさ。――ま、菊池模型がコソコソしゃべってた話に尾ヒレがついたんだろうが」

とはいうものの、峡平も大塚も、その噂を聞いて少々安心した。あの晩の三枝洋品店の奥さんには、鉄壁のアリバイがあったからだ。警察から連絡が行くまでは自宅で稔と一緒だったし、そのあとは警官に付き添われて西町警察署へ出かけている。三時近くまで署にいて、帰りも警官の見送り付きである。これでは裸で街を歩くヒマなどない理屈である。

「だけど、それを大声で触れ回るわけにも行かないしなあ」

大塚は口惜しそうだった。

「噂する連中は、誰も〝ありゃあ、あそこの奥さんだ〟なんて口に出しはしないもの。裸の女が三枝洋品店の裏口に入ったって話をしたあと、思い入れたっぷりに目で合図するだけだもの」

せめてもの幸いは、噂が三枝靖子の耳に届いていないと思われることだった。春休み中も日に一度は稔のようすを見に行く菜々子によれば、

「稔君のお母さん、警察から帰ってからずーっとビョーキなんだって。買い物にもあんまり出られなくて、稔君が代わりに行ってるんだって」

という状況のようである……。

「イヤだ、もう。所長ったら、また考え込んじゃって！」

夏実に背中をどやされて、峡平はあわてて姿勢を正した。いつの間にか、夏実の椅子が峡平の椅子にくっついている。当然ながら、椅子に座った夏実も峡平の超至近距離に近づいている。

「所長、そんなに悩まないでください」

夏実が悩ましい目で言った。

「所長のそういう顔見てると、あたし、せつない。とってもせつない」

春である。暖かすぎる春である。外は桜が七分咲きで、恋の季節を迎えた猫が花びらの下をうろつき回っている。

「所長！」

「な、夏実ちゃん……」

まずいよそりゃあ、と言いたいが、喉がかすれて声が出ない。カラダも金縛《かなしば》りにあったように動かない。過去にもこれに似た危機はあったが、今日ほど危険なのははじめてだ。ええい、と峡平は腹を決めた。いいじゃないか。夏実ちゃんなら菜々子ともうまくやって行けるし、大塚さんも前からけしかけているし――。

「わんっ」と鳴き声がしたのはそのときだ。夏実のカラダがさっと離れ、入れ替わりにボレロが尻尾を振りながら峡平に飛びついてきた。

「うわっ。ボレロやめろ！」

ぺろぺろ舐めるボレロの舌を躱《かわ》しながら、峡平は叫んだ。だが、そんなことでおふざけをやめるボレロではない。峡平が冷たいと見るとサッと体勢を変え、今度は夏実に総攻撃だ。

「いやあんボレロ、くすぐったい！」

夏実がきゃあきゃあ言いながらボレロを抱きとめる。ボレロは「あんたたちだって仲良くしてたんだから、あたしも仲間に入る権利がありますよ」と言わんばかりのじゃれつきぶりである。

「峡さん！」

菜々子が事務所に駆け込んできた。後ろには稔も一緒だ。

「なーんだ。ボレロは先にきてたのか」

「よかった。菜々ちゃん、ボレロをどうにかしてよ」

身をよじって菜々子に助けを求める夏実の顔が赤らんでいる。峡平の脇の下には冷や汗がにじんでいる。

「ボレロ、離れろ!」

菜々子が短く命令した。

「ああ助かった。くすぐったくてくすぐったくて、死んじゃうかと思った」

照れくささを笑いでごまかすと夏実は「手を洗ってくるね」と言って部屋を出て行った。峡平はハンカチを出して汗を拭った。

「菜々公、午前中は稔君と図書館に行くって言ってなかったっけ。どうしたんだ、行くのやめたのか?」

「行ったんだけど、図書館どころじゃなくなっちゃったんだよ。——ね、稔君?」

菜々子が振り向くと、稔は悲愴感を漂わせた目で「うん」とうなずく。

「まあ座れよ」

二人をうながしながら、ただごとではないな、と思った。稔はくちびるを嚙みしめているし、菜々子は目をぎらぎらさせて峡平を見つめているからだ。

「よし。話してごらん」

「あのね。図書館に行く途中、稔君がトイレに行きたくなって、スーパーのお便所に入ったんだけどね」

「駅の向こう側のスーパーです」

稔が口をはさんだ。

「そうなの。でもって、稔君がお便所に入ったら、男の人が二人いて、オシッコしながらおしゃべりしてたんだって。稔君のお父さんが殺された晩、ハダカの女の人が三枝洋品店に入るのを見た人がいるって。——峡さん、稔君のお父さんを殺したのは、その女の人だよ。そのハダカの女の人が犯人なんだよ！」

七

「……というわけなんです。この仕事を始めてから僕もずいぶんいろんな相談を受けてますけど、あんなに困ったのは初めてですよ」

その晩、帰りがけに立ち寄った大塚不動産の店で、峡平は愚痴をこぼした。

「そうか。とうとうあの坊やの耳に入っちまったか」

大塚がぼりぼりと頭をかいた。

「弱ったな。そうなると、おっかさんの耳に入るのも時間の問題だな」

「そっちは大丈夫です。僕が口止めしておきましたから」

稔君が聞き込んできたのはたいへんな情報だ。鍛冶木刑事がちゃんと調べるまで、お母さんにもしゃべっちゃいけないよ。峡平はそう念を押した。しゃべっちゃうと、ショックでお母さんの具合が悪くなっちゃうかもしれないだろ——嘘をつくのはイヤだったが、背に腹は代えられない。それに、半分は嘘ではないのだ。三枝靖子があの噂を聞いたら、本当に具合が悪くなるのは間違いないところだからだ。

「その男たちが、奥さんの名前を出さなかったのがめっけものだったな」

「ええ。僕も内心ドキッとしたんですが」

男たちが目と目で「わかるだろ」と伝えたのが幸いだった。稔がもう少し大きければ見当をつけたのかもしれないが。小学生ではそこまでの勘はない。

「あの子は女の子みたいなやさしい顔をしているけど、性格もずいぶんやさしいんですね。お母さんのことをとても心配してたし、お父さんが亡くなる前に元気がなかった、なんてことも言ってたし」

「そうかい。峡さんにお父さんの話をしたのをみると、少しは立ち直ってきたのかな」

「だと思います。犯人を捕まえる手がかりになればと言って、いっしょうけんめい話してくれたんです」

まったく、稔はいじらしいほどいっしょうけんめいだった。ひと言ひと言、言葉を絞り出すようにして峡平に説明した。

「お父さん、二月ごろからずうっと元気なかったんです。僕ともあんまり遊んでくれなくなったし、心配事があったみたいなんです」

「どんな心配事?」

訊いたのは菜々子だった。

「わかんない」

稔が首を振った。

「稔君。お父さんが言ったこと、何でもいいから思い出してみなよ。峡さんは世界一の探偵だから、きっとそれをヒントにして犯人を捕まえてくれるよ」

菜々子が稔を励ます。家では「三週間もたつのにまだ犯人を捕まえてくれない」と峡平をののしっているくせに、稔には「世界一の探偵」と言うところなぞ、なかなかの二枚舌である。

「ねえ、何かないの？　お腹が痛そうだったとか、お店がうまく行ってないとか」

「そんなこと言ってなかったよ」

「やあねえ。これは例なのよ。そんなようなことを言ってなかったかって聞いてるのよ」

二人の関係で、どっちが主導権を握っているのかは明らかだ。菜々子に睨まれて、稔が「うーん」と頭を押さえた。

「えーと、えーと」

「稔君、頑張りなさいよ」

「そう言えば、お父さんが何かぶつぶつ言ってたことがあった。あんまりよく覚えてないんだけど、〝タヌキの昼寝〟とか……」

「何それ。〝タヌキの昼寝〟って」

「違う。昼寝じゃなくてソラ寝さ。タヌキのソラ寝」

「ますますわかんないわ」

菜々子の不機嫌な声に、峡平は吹き出した。稔が思い出そうとしている言葉は〝ソラ寝〟ではなく〝そら似〟である。〝タヌキ〟ではなく〝他人〟である。三枝洋品店はおそらく、〝他人のそら似〟とつぶやいたのである——。

「他人のそら似か。三枝洋品店は、女房に似てるかもしれないけどべつの女だ、と言いたかったんだな」

大塚が腕組みした。

「でしょうね。稔君の言うように、三枝さんのようすがおかしくなったのは二月ごろからだとすると、ずいぶん長いこと悩んでいたんですね」

「罪作りな噂だよ」

吐き捨てるように言うと、大塚がふいに立ち上がった。

「峡さん。菜々ちゃんが待ってるところを悪いが、一時間ほど付き合ってくれないかい」

「いいですけど、どこへ?」

「正直堂文具と、中村パンと、菊池模型に談判しに行くのさ。あんたらが見たのは三枝洋品店の奥さんじゃないって、釘をさしに行くんだ」

昭和一桁生まれの大塚は辛抱強いが、ひとたび決心したら撃ちてし止まんの気性である。釘をさすと言ったら、間違いなく釘をさす。

「大塚さん、そういうことなら喜んでお供します。じつは、私もあの人たちに言ってやりたくてしかたなかったんです」

だが、佐倉峡平探偵事務所は西町商店会では新顔だ。新顔がヘタに文句をつけたところで古い連中の反感を買うか、悪くすれば噂にさらに油を注ぐ結果になるのは目に見えていた。

「何だ。峡さんは、そんな心配をしていたのか」

店のカギを閉めながら大塚が言う。

「古い古いって言うけど、あいつらはそんなに古くないよ。正直堂は二代目だし、中村パンが商売を始めたのは俺より十年もあとだし、菊池模型に至っちゃ、ここへきてまだ四年だからね」

「へえ、そうだったんですか」

「だから遠慮なんかすることないのさ。言いたいことがあれば、どんどん言ってやればいい」

思い決めた顔つきの大塚が、峡平を従えて最初に入ったのは、いちばん近い中村パンだった。

夜七時を回った時分なので、店のパン棚はほとんど空っぽだ。主人はおらず、丸顔の奥さんが一人で店の掃除をしていた。

「あ、大塚さん。うちのがいつもお世話になっています……え、うちの人ですか？　あいにくなんですが、今日はパン屋の組合の寄り合いで出かけちゃったんですよ」

「残念だな。ちょっと聞きたいことがあったんだが」

頭を下げた奥さんに、大塚が言った。

「じつは、おたくの旦那が見たっていう裸の女のことなんだが」

「裸の女？」

奥さんの目がキッとつり上がった。

「大塚さん。うちのがそんなことを言ってたんですか」

「ああ。それで困って……」

「困るのはあたしですよ、あの人の病気がまた始まっちゃったんだから」

奥さんの目がますますつり上がる。丸顔なのに目がつり上がるというのは、アンバランスなだけになかなかの迫力である。

「あの人、若い頃から裸の女を見るのが大好きでしてね。店の金を持ち出しちゃ、やれ松戸だ、やれ川崎だって……。最近やっとおさまったと思ったら、やっぱりやってたんだわ。ふん、今日だってわかりゃしませんよ。組合の寄り合いだなんて言って、どっかのストリップ劇場で鼻の下を伸ばしてるのかもしれないし」

「奥さん、そういうことじゃなくてねえ……」

「いいですよ、男同士でかばわなくても。大塚さんの耳にまでそんな噂が届いてるとあっちゃ、あたしだって黙ってるわけにいきませんから。帰ってきたらうんととっちめてやります」

「あたしが頼みたいのは、そのう、旦那に噂をばらまかないようにってことなんだが」

「何ですって。うちの人、自分から裸の女を見たって宣伝して歩いてるんですか？　ええ、もちろんやめさせますよ。そんなみっともないこと、誰がほっとくもんですか」

奥さんの目は、今やこれ以上つり上がれないほどつり上がっている。大塚はしばらくもじもじしていたが、口の中で「じゃあよろしく」とつぶやくなり、峡平の腕を引っ張るようにしておもてへ出た。

「やれやれ、あれで大丈夫だ」
五、六間の距離を早足で歩いたあとで、大塚が息をついた。
「何が大丈夫なんですか」

「中村パンだよ。あそこんちは、西町商店街でも一、二をあらそうカカア天下だからね。おかみさんがやめろって言ったら、やめないとしょうがないんだ」

してみると、大塚は最初から奥さんのほうに当たるつもりだったのかもしれない。さすが商店会の事情通と感心しながらあとについていくと、次に入ったのは菊池模型である。こちらは中村パンと違って今時分がかき入れらしく、店内はプラモデルを漁る中学生や本物そっくりのモデルガンをいじる大人たちで賑わっていた。

「菊池さん、ちょっといいかね」

つかつかとレジに近寄った大塚の顔が、さっきと一転している。これ以上ないといったおっかない顔つきである。

「今忙しいから、あとにしてくれませんかね」

菊池模型が愛想よく言った。

「あとにして困るのはあんただよ」

大塚が低い声で応じた。

「あんた、とんでもない噂を流してくれたようだね。——こう言やわかるだろう」

「もしかしたら、あの話のことですか。あの話なら本当ですよ」

「納得できないね。あんたが本当だって言い張るおかげで、迷惑している人がいるんだから」

「でも、本当に……」

言いかけた菊池模型が、大塚の表情に気づいて口をつぐんだ。

「わかりました。ちょっと待っててください」

そう言うと、菊池模型はレジカウンターを出て、モデルガンコーナーで客と話していた男の店員に声をかけた。

「伊藤君。ちょっとレジ頼むよ」

「はい」

返事はしたものの、伊藤と呼ばれた店員はこっちへくる気配もない。

「じゃあ出ましょうか」

「いいんですか、レジは」

峡平が伊藤を横目で見ながら聞くと、菊池模型は「ええ」と言って、先に立って店を出た。

「あいつは商品に関してはやたら詳しいんですが、マニアだけあってちょっと変わり者なんですよ。もっとも、うちにくるお客も似たようなのが多いですが——大塚さん。私はストリーキング女が三枝洋品店の奥さんだなんて言ったことはありません。言いふらしてるのは中村パンさんと正直堂文具さんですよ」

菊池模型が立ち止まると、大塚に媚《こ》びるような上目遣いを向けた。

「あんたもだろ」

大塚がさえぎった。

「あんたから直接聞いたって人が何人もいるよ。裸の女が三枝洋品店の奥さんによく似てるって。三枝洋品店の裏口のそばでふいに消えたって。とくにあとのほうが悪質じゃないか。それを聞いたら誰だってそう思っちゃうよ」

「でも事実なんですから」

「何が事実だね。三枝洋品店の裏口は、隣の雑居ビルの階段とくっついてるじゃないか。どっちに行ったのか、あんた見たわけじゃないんだろ」

「見たなんて言ってません。消えたって言ってるんです」

菊池模型は強情だった。小一時間も言った言わないを繰り返したあげく、頭にきた大塚が「二度と言いふらすな」と怒鳴りつけると、「言論の自由です」と言い返してきた。

「似てるのも事実、ふいに消えたのも事実。私は事実しか言ってないんです。訴える気なら、警察へでもどこへでも行きますよ」

ここまで強く出られては、大塚もどうすることもできなかった。意気揚々と引き揚げていく菊池模型の後ろ姿を睨みつけながら、大塚は歯ぎしりするばかりだ。

「何てやつだ。今度の総会で商店会を除名してやる」

「そんなことしたら、それこそ訴えてきますよ。そういう人間ですよ、菊池模型は」

しゃくにさわるのは峡平も一緒だ。だが、ああいうやつにつける薬はない。あるとすれば、こっちでストリーキング女を捕まえて、三枝洋品店の奥さんとは別人であることを証明するしかない。

「じつは、ボレロの散歩にかこつけて毎晩真泉寺のあたりを見回っているんですがね。ちっとも出てくれないんですよ」

「今度の事件に関してはツキがないんだな。峡さんも、鍛冶木刑事も」

「そうみたいです」

「でもまあ頑張ってくれよ。こうなったら峡さんだけが頼りだよ」

菊池模型にエネルギーを吸い取られて、大塚は正直堂へ談判に行く気力もなくしたようだ。

商店街が閉まる時間もとっくにすぎていた。峡平は駅前で大塚と別れると、菜々子の待つわが家へと足をすすめた。

新学期は明日からである。四年生が五年生になるだけといっても、何やかやと細かな準備はある。

「ただいま」

ドアを開けたが、菜々子の「お帰り!」はなかった。ボレロの出迎えもなかった。

「どこ行ったんだ、あいつ」

ぶつぶつ言いながら茶の間に入ると、テーブルの上にメモが置いてある。峡さんへ。稔君のうちに行ってきます。菜々――峡平はメモを折り畳んだ。

このごろ菜々子は、三日に二日は稔の家で晩ご飯を食べる。稔を励ますためなのはもちろんだが、向こうには「稔君の」をつけるにしろ、「お母さん」と呼べる人がいるからである。

――夏実と、結婚したほうがいいのだろうか。

今朝の出来事が浮かんできた。ボレロさえ入ってこなければ、峡平は夏実にプロポーズしていたはずだ。なのにボレロが飛び込んできたとき、峡平は明らかにホッとしたのだった。

一人で晩飯を食べ、ビールを飲んで風呂に入った。菜々子は帰ってこない。風呂から上がり、取り込んだ洗濯物を畳んで、菜々子の学用品の名札を新しいのに付け替えた。菜々子は帰ってこない。明日の朝食の支度をし、ついでに冷蔵庫の中身を点検した。菜々子は帰ってこない。

「あいつ、何してるんだ。もう十一時じゃないか」

受話器を取って、稔の家の電話番号を押す。呼び出し音が三度、四度、五度と鳴ったが、誰も出なかった。十二度目の呼び出し音で、峡平は受話器を置いた。脳の奥のほうで、小さなシグナルが点滅を始めた。黄信号だ。チカ、チカ、チカと峡平を急かした。峡平はスニーカーに足を突っ込むと、玄関を飛び出した。稔の家へ走る。稔の家は、峡平のマンションから十分ほどである。

五分かからずに小さな一戸建ての前に着き、呼び鈴を押した。明かりがついているのに、誰も出なかった。ノブを回してみると、玄関は開いている。一瞬迷ってから、峡平は中に上がった。台所の流しに、一人分の使った食器がつけてあった。冷蔵庫のメモボードの今日の欄に、赤い字でメモが書いてあった。

稔――菜々ちゃんの家。

そうか。そういうことだったのか……ダイニングに隣り合った和室に布団が敷いてあった。シーツにしわが寄り、掛け布団がよじれている。手を差し込むと、かすかにぬくもりが残っていた。脳の奥のシグナルの点滅が激しくなる。黄色から赤へ、赤から黄色へ、チカチカッ、チカチカッ、と色を変えている。

とつぜん、どこへ行けばいいのかがわかった。峡平は布団から手を引き抜くと、真泉寺に向かって走り出した。そうなのだ。すべてのはじまりは、あの真泉寺だったのだ。

真泉寺の崩れかけた塀が見えてきた。塀越しに白く浮かんでいるのは、廃園になった幼稚園の桜である。闇夜にぼうっと浮かぶ桜は、首をくって死んだだいこくさんのお弔《とむら》いをしているようである。峡平は息をととのえると、塀に背中をつけて進んだ。角を曲がれば寺の正門だ。目を凝らすと、黒々とした門の足元に小さな影がうずくまっているのが見えた。

「菜々子……稔君」

声をひそめて呼ぶと、影がパッと引っ込んだ。

「ダメだよ峡さん、声出しちゃ」

菜々子の声に、峡平の口から安堵の息が洩れる。大声で笑い出したくなるような気分である。峡平は小さく背を丸めると、影の横に走り込んだ。ボレロの暖かい舌が、峡平のアゴに歓迎の挨拶を送ってきた。

「何時からここにいるんだ」

「八時から」

ヒソヒソ声で会話を交わす。

「どうして……」

「ボレロが、ここだって教えてくれたの。三枝洋品店に一枚だけ残ってたワイシャツのニオイを嗅いで。……あっ」

菜々子の手が峡平の腕をギュッと摑んだ。長い塀の向こうから、白いぼんやりしたものが、ゆっくりゆっくりこちらへ歩いてきた。さっきの桜の木の精が歩いているように見えた。そのとき、誰かが峡平の背中を突き飛ばした。稔だ。稔は白い影に駆け寄っていく。一瞬遅れて峡平も飛び出した。かろうじて先に白い影を抱き留め、茫然とした顔つきの稔に「シッ」と声をかけると、影を抱き上げて門の暗がりに戻った。

そして、それはまさに間一髪のタイミングだったのである。峡平たちが暗がりに身をうずめて十秒とたたないうちに、もうひとつの白い影が塀の角から現われた。今度の影も女だった。髪型が靖子によく似ていた。女は用心深い足どりで歩いてくると、正門の手前にある勝手口の木戸の前で立ち止まり、すばやくあたりを見回してから木戸をノックし、小声で二言三言しゃべった。中国語だった。

「メイリン？」

男の声がして木戸が開いた。木戸からぬっと顔を出したのは、菊池模型で働いていた伊藤だった。サーチライトがいっせいに光ったのはそのときだった。茫然とした伊藤の顔と、化粧と髪型で三枝靖子に似せたメイリンという女の顔が白く照らされた。悲鳴が上がった。悲鳴の主はメイリンではなく、峡平が抱き留めている靖子だった。

警官が二人に走り寄り、さらに何人もの警官が木戸を押し破って中へ駆け込んだ。

「奥さんは大丈夫かね」

鍛冶木刑事が峡平たちのところへ近づいてきた。

「はい、意識を取り戻したようです」

「旦那さんを亡くしたショックで再発したんだな。でももう心配することはないよ、稔君」

そう言うところを見ると、鍛冶木刑事はすべてを承知しているようだった。

「あの伊藤が、真泉寺の息子だったんですね」

峡平は訊ねた。

「ああ。アメリカで整形して、向こうで知り合った中国マフィアと一緒に里帰りしたんだ。人が気味悪がって近づかない幽霊寺を窃盗団の根城《ねじろ》にするなんざ、なかなか芸が細かかったよな」

ニヤッと笑って、鍛冶木がパトカーに戻って行く。峡平は小走りに鍛冶木に駆け寄った。

「鍛冶木さん、動機は何だったんですか。伊藤が三枝洋品店の奥さんを貶めようとした動機は」

「恋の恨みさ」

鍛冶木が峡平の耳にささやいた。

「あいつは、結婚前に奥さんが働いていたスナックの常連だったんだ。言い寄っても言い寄っても相手にされないのを根にもって、嫌がらせをしたんだ。おまけに自分で殺す度胸もなくて、中国マフィアに殺させるなんて。——さて、と」

鍛冶木の声が大きくなった。

「連中も一網打尽にしたし、今夜は枕を高くして寝るとするか——菜々ちゃんたちも帰って寝るんだよ。明日から新学期だろ」

「はーい」

菜々子が元気に答えた。子供の声があると、幽霊寺も闇に散る桜の花びらも、ちっとも不気味ではなかった。

一九九七年　光文社刊

光文社文庫

連作推理小説
こちら子連《こづ》れ探偵局《たんていきょく》
著者　ねじめ正《しょう》一《いち》

2001年2月20日　初版1刷発行

発行者　濱井　武
印刷　萩原印刷
製本　榎本製本

発行所　株式会社　光文社
〒112-8011　東京都文京区音羽1-16-6
電話　(03)5395-8149　編集部
8113　販売部
8125　業務部
振替　00160-3-115347

ISBN4-334-73115-5　Printed in Japan

お願い　光文社文庫をお読みになって、いかがでございましたか。「読後の感想」を編集部あてに、ぜひお送りください。

このほか光文社文庫では、どんな本をお読みになりましたか。これから、どういう本をご希望ですか。

どの本も、誤植がないようつとめていますが、もしお気づきの点がございましたら、お教えください。ご職業、ご年齢などもお書きそえいただければ幸いです。

光文社文庫編集部